Hans Zippert

# Wie Hitler mir das Leben rettete

Hans Zippert, ehemals Chefredakteur der Titanic und heute einer der bekanntesten Wissenschaftsjournalisten und Kolumnisten Deutschlands.
Buchveröffentlichungen u.a.: »Würden Sie an einer Tortengrafik teilnehmen?«, Berlin 2015. »Fernsehen ist wie Radio, nur ohne Würfel«, Berlin 2017, Zippert steigt auf, München 2019, Nicht wird jemals fertig, Darmstadt 2021.

Edition
TIAMAT
Deutsche Erstveröffentlichung
1. Auflage: Berlin 2022

www.edition-tiamat.de
Druck: cpi books
Buchcovergestaltung: Felder Kölnberlin Grafikdesign
ISBN:978-3-89320-290-4

Hans Zippert

# Wie Hitler mir das Leben rettete

Schlampige Arbeiten 1980–2030

Ohne Illustrationen von
John Lennon

Critica
Diabolis
307

Edition
TIAMAT

# Dieses Buch ist erklärungsbedürftig

Ein Buch, das die besten Texte aus zwei Jahrtausenden enthält? Es liegt vor Ihnen. Einige sind derartig gut, dass ich sie vor lauter Ergriffenheit nicht zu Ende schreiben konnte. Andere gerieten mir auf Anhieb so perfekt, dass ich sie nicht noch mal bearbeiten wollte. Eine außergewöhnliche Sammlung wie diese, erscheint gewöhnlich erst nach dem Ableben des Verfassers. So lange wollte ich Sie nicht warten lassen. Das Buch hat einen großen Anmerkungsteil, in dem einiges aufgeklärt wird. Mein Verleger meint, das liest keiner, die Menschen wollen nicht hin und herblättern. Müssen Sie auch nicht. Sie können das Buch einfach ganz normal durcharbeiten. An einigen Stellen stutzen, an anderen den Kopf schütteln und wenn Sie dann den Anmerkungsteil erreicht haben, lesen Sie den auch in einem Rutsch und sind vom Stutzen und Schütteln geheilt. Oder Sie lesen ihn aus reinem Trotz nicht, weil Sie der Ansicht sind, dass sich jedes Kunstwerk selbst erklären muss. Dann ist vielleicht des Stutzens kein Ende aber, wie sagte schon Novalis: »Leben heißt stutzig werden«.

# Wie ich einmal die Welt nicht gerettet habe

Ich habe Wladimir Putin getroffen. Das geschah in der Nacht, nachdem Gerhard Schröder unverrichteter Dinge aus Moskau zurückgekehrt war und bevor ich nach Bielefeld fuhr, um die Wohnung meiner Mutter herzurichten, für zwei Männer, die zweimal vor Putin geflohen waren, einmal aus Aleppo und dann aus Charkiw. Das wusste ich aber noch nicht, als ich das Treffen mit Putin hatte, auf das ich überhaupt nicht vorbereitet war. Es war eher ein privater Rahmen, in dem man Putin am allerwenigsten erwartet hätte. Ich kam die Treppe herunter und als ich unten angekommen war, standen da Putin und noch zwei, drei andere Typen, möglicherweise Leibwächter. Ich war so perplex, dass ich erstmal an ihm vorbeilief. Dann drehten wir uns praktisch zeitgleich um. Ich, weil ich dachte, das ist doch Putin, mit dem musst du unbedingt sprechen. Und er drehte sich um, weil er wahrscheinlich überrascht war, dass jemand so einfach an ihm vorbeiging, ohne ihn auf den Krieg anzusprechen. Ich weiß, dass ich mir bewusst war, mich mitten in einem Traum zu befinden, aber ich fühlte auch, dass jetzt viel von mir abhing. Putin schaute mich freundlich an und jetzt kam es nur darauf an, dass ich die richtigen Worte fand. Ich musste ihn irgendwie erreichen, aber nicht plump und direkt. Ich konnte auf keinen Fall sagen: »Herr Putin, stoppen Sie diesen Krieg« oder »Hör endlich mit dem Scheiß auf, du Arschloch«. Da wäre das Gespräch, das ja noch nicht mal angefangen hatte, sofort beendet gewesen.

Ich musste meine Kriegsablehnung irgendwie elegant

und witzig aber gleichzeitig auch nachdrücklich formulieren. Putin wartete tatsächlich darauf, dass ich etwas sagte, er blickte mich sehr freundlich und erwartungsvoll an. Ich sah direkt in diese Augen, die so dicht beieinander liegen, dass sie fast ineinander übergehen. Eng zusammenstehende Augen deuten auf Diskussionsfreude und Leidenschaft hin, wie ich am nächsten Morgen las. Während weit auseinanderstehende Augen darauf hindeuten, dass man Wiglaf Droste heißt. Ich habe nie von Wiglaf Droste geträumt und frage mich, ob er im Traum die richtigen Worte für Putin gefunden hätte. Ich habe jedenfalls versagt. Ich spürte den Druck, ich musste etwas Entscheidendes von mir geben, aber mir fiel nichts ein. Irgendetwas habe ich dann wohl doch gesagt aber ich weiß nicht was. Putin nickte jedenfalls freundlich, drehte sich um und setzte seinen Weg fort. Ich weiß, dass ich bereits im Traum sehr enttäuscht von mir war. Putin wahrscheinlich auch. Es gibt ja keine gesicherten Erkenntnisse darüber, wie Träume zusammenhängen. Vielleicht hat Putin genauso von mir geträumt, wie ich von ihm. Und weil er das unbestimmte Gefühl hatte, dass irgendwas mit seinem Krieg nicht in Ordnung ist, war er ganz gespannt, was ich ihm zu sagen hätte und dann mache ich ihm nur ein Kompliment für seinen Anzug. Keine Ahnung, ob ich das wirklich getan habe, aber er trug in meinem Traum einen wirklich sehr gut geschnittenen braunen Anzug.

Ich hab's vergeigt. Ich hab noch nicht mal im Traum daran gedacht, ihn umzubringen. Am nächsten Tag habe ich alles meiner Mutter erzählt. Meine Mutter kennt sich aus, sie ist schon mal vor den Russen geflohen und hat sehr gelacht, als ich ihr berichtete, wie ich die Chance hatte, Putin umzustimmen und kein vernünftiges Wort rausgebracht habe. Sie lachte und sagte: »Wie Schröder!«

## Der Name des Autors

Immer, wenn ich mir die Bücherstapel in den Buchhandlungen anschaue, wundere ich mich, warum mein Roman nicht dabei liegt, und dann fällt mir ein, dass ich gar keinen geschrieben habe. Ich bin tatsächlich einer der ganz wenigen Menschen in diesem Land, die noch keinen Roman geschrieben haben, ich habe noch nicht mal eine Idee für einen Roman. Aber das ist natürlich kein Argument, denn die hatten mindestens 98 Prozent der Bücherstapelautoren auch nicht. Ich glaube, es liegt an meinem Namen. Es ist kein guter Autorenname. »Der neue Zippert ist da«, wie klingt denn das? Für mich klingt es fast so ähnlich wie der neue Pschyrembel ist da, also vielleicht ein aktualisiertes Lexikon der Magenkrankheiten, der neue Zippert eben. Natürlich würde es sich anbieten, trotzdem oder gerade deswegen ein Buch zu schreiben und die Botschaft schon im ellenlangen Titel irgendwie metamäßig unterzubringen. »Der Mann, der ein Buch schrieb, obwohl er seinen Namen nicht lesen mochte und noch nicht mal aus dem Fenster stieg.« So in der Art. Zumindest diese Aussage würde stimmen, ich habe mich im Laufe der Zeit mit meinem Namen arrangiert, aber mehr auch nicht. Der Vorname geht, aber da er sich beharrlich einer Wiedergeburt verweigert, merkt man, dass ihm für heutige Ohren noch immer die nötige Coolness fehlt. Im Gegensatz zu Max, Emil oder auch Gustav. »Hans ist ein traditioneller Vorname in Deutschland. Bis ca. 1950 hielt sich dieser Jungenname an der Spitze der Namens-Hitparade – seit 1935 allerdings meistens als erster Teil eines Doppelnamens. Seit 1960 werden kaum noch Neugeborenen Hans genannt.« Schreibt der Namensexperte Knud Bielefeld, der mit seinem Namen keine Probleme haben durfte. Schon allein Knud mit »d« ist eine sehr gute Idee, aber Bielefeld als Nachname ist schlicht großartig.

Ich bin dagegen nur in Bielefeld geboren, das sorgt eher für hämisches Grinsen, warum auch immer. Der letzte, der es mit Hans geschafft hat, war Hans Fallada, aber das ist auch ein ganz anderer Sound, gleich vier »A« in einem Namen, da geht die Post sofort ab. Das ist ein Name wie ausgedacht und tatsächlich hieß er ursprünglich Rudolf Ditzen, was auch kein guter Autorenname ist, aber er hat es wenigstens gleich gemerkt. Natürlich schützt auch ein guter Autorenname nicht vor Alkoholismus, aber ein schlechter noch viel weniger. Hans-Joachim Schädlich hat es nur wegen seines Nachnamens zu einer gewissen Bekanntheit gebracht und 1995 eigentlich zwangsläufig den Hans-Sahl-Preis gewonnen. Der Nachname Zippert klingt dagegen wie ein Tätigkeitswort, zippern könnte beispielsweise das Einnähen eines Reißverschlusses in ein Kleidungsstück bezeichnen oder ein zu langes Zögern, beispielsweise vor dem Verfassen eines Romans.

Ein guter Autorenname muss einen gewissen Flow haben oder vollkommen unaussprechlich sein, also entweder Jonathan Franzen, Don de Lillo, Patrick Modiano und Robert Louis Stevenson oder auf der anderen Seite Michel Houellebecq, Frédéric Beigbeder oder Karl Ove Knausgård. Mir ist durchaus klar, dass man zuerst mal einen Roman schreiben sollte, bevor man sich Gedanken über die Qualität des Autorennnamens macht, Thomas Mann hat auch einfach mal die Buddenbrooks rausgehauen, obwohl Thomas Mann nun wirklich ein Top-Autorenname ist, der sieht auf jedem Buchtitel gut aus. Er konnte völlig befreit an die Arbeit gehen, weil er wusste, egal, was ich schreibe, es steht ja Thomas Mann drauf und das ist schon die halbe Miete. Auf dem Mann-Ticket waren auch noch Heinrich, Golo und Manfred erfolgreich unterwegs.

Wenn ich mich für einen Namen entscheiden dürfte, dann wäre das Jenny Erpenbeck. Das ist der beste Autorenname überhaupt. Klingt, als ob Fontane ihn persönlich erfunden hätte. Jenny Erpenbeck, das ist ein Name, den man bedenkenlos auf jedes Buch schreiben könnte. Der Name Zippert ist dagegen kein Autorenname, es ist ein Gewerbename. »Zippert & Co, ihr Partner für Metalldächer und Metallfassaden«, das hat Schmiss, das klingt genauso stimmig wie »Zippert & Sohn – Kompetenz in Beton und Spritzgusstechnik«. Oder denken wir an die Spedition, die mit dem Spruch wirbt: »Zippert bringt's – lärmarm und mit Rußfilter«. Sie arbeiten auch noch mit dem Slogan: »Zippert – Kommt gut an«. Auf einer Lastwagenplane sieht der Name Zippert hervorragend aus. Ich sollte den noch zu schreibenden Roman am besten auf eine Lastwagenplane drucken lassen. Wer das Buch kauft, bekommt die Information, wann und auf welcher Autobahn die Romanplane unterwegs ist, da wird das Lesen dann zum echten Abenteuer. Und wie könnte so ein Buch heißen? »Plan B« oder »Vorsicht, Autor schwenkt aus« oder vielleicht wäre ein Titel am besten, der sowieso schon hinten an vielen Lastwagen steht: »Damen, aufgepasst, meiner ist 18 Meter lang«.

## Die Romane, die ich nie geschrieben habe

**1. Der Mond ist ein Nazi** (Arbeitstitel) Jeder weiß, dass Wernher von Braun den Amerikanern zur Mondlandung verholfen hat, aber was wäre, wenn es ihm schon 1943 gelungen wäre, eine Rakete zum Mond zu schicken? Kurz gesagt, die Nazis schaffen es, auf dem Mond zu landen und wieder zurückzukehren. Aber während das Raumschiff Germania I unterwegs ist, stellt sich heraus, dass zwei der drei Nazinauten Juden sind. Wie das passieren konnte, hätte ich mir noch ausdenken müssen, jedenfalls war es für das Hitler-Regime nicht möglich, diesen ungeheuren Triumph auszukosten und an die große Glocke zu hängen. Das Raumschiff landet in aller Stille in der Müritz. Wie es weitergeht, wäre mir bestimmt noch eingefallen. Vielleicht hätte ich die Filmrechte noch vor Abfassung des Romans verkaufen können.

**2. Learning English B1** Basiert auf der Idee, dass die Figuren in einem Englischlehrbuch jeden Morgen zur Arbeit in die Schule gehen und dort ihr Repertoire abspulen. Jack the Hairdresser, Moving Day at the Bartons, Mr. Honk the London Taxi Driver usw. Eines Tages werden sie alle zum Direktor gerufen und der teilt ihnen mit, dass sie entlassen sind, weil es ein neues Englischlehrbuch gibt. Jetzt sitzen sie auf der Straße und müssen sich irgendwie gemeinsam durchschlagen, wobei jeder eben nur über die Fähigkeiten aus dem entsprechenden Kapitel verfügt, also Infinitiv, Plusquamperfekt, If-Clauses usw.

Wie sie dann gemeinsam ihr Glück finden oder auch nicht, das wäre dann ein anderes Kapitel gewesen. Oder besser zehn andere Kapitel. Der Verlag *Kein und Aber* war nicht ganz abgeneigt, aber auch nicht besonders zugeneigt. So blieb der Welt immerhin ein Buch erspart.

**3. Schienen pflastern seinen Weg** Mit diesem Projekt wollte ich mich selber überlisten. Ein BahnCard-100-Besitzer arbeitet jeden Tag im Zug und fährt mal nach München, mal nach Berlin, mal nach Köln und wieder zurück, je nachdem, wie voll die Züge sind. Und was er da erlebt und was ihm durch den Kopf geht, davon hätte der Roman gehandelt. Die BahnCard100 hatte ich und einen Verlag hatte ich auch. Michael Krüger, der Hanser-Verleger war extrem begeistert und holte aus seinem Archiv jede Menge Lektüre. Er kannte alle bedeutenden und unbedeutenden Eisenbahn-Erzählungen und dazu passende soziologische Studien. Ich wurde meinem Lektor vorgestellt, der mäßig begeistert schien, aber Krüger war nicht zu stoppen. Als ich wieder zuhause war und einen Vertrag mit dem Hanser-Verlag plus Vorschuss und Abgabetermin in der Tasche hatte, war ich etwa drei Wochen leicht bis mittel euphorisiert, weil ich ja jetzt gar nicht mehr anders konnte, als das Buch zu schreiben. Bis mir auffiel, dass es gar nicht mehr mein Buch, sondern Krügers Buch war und da erlahmte in mir jeder Schreibimpuls. Zwei Jahre später zahlte ich den Vorschuss zurück, was in der Branche, so wurde mir berichtet, nicht unbedingt üblich ist.

## Wenn die Welt auf meinen Vater gehört hätte

Wie sehr viele Autoren wollte auch ich mal einen Vaterroman schreiben. Oder eher so einen von diesen Familienromanen, die immer ganz vorne auf den Bestsellerlisten landen. Der erste Satz sollte lauten: »Meine Mutter hatte drei Nieren und mein Vater war der Erfinder der langen Kontonummer«. Da will man doch sofort weiterlesen. Im folgenden Exposé kommt der Satz gar nicht vor, es geht trotzdem ganz gut los, aber ich hätte das Tempo nicht halten können:

Wenn die Welt auf meinen Vater gehört hätte, ginge es uns allen besser. Viele Menschen könnten noch am Leben sein, mich gäbe es allerdings mit einiger Wahrscheinlichkeit nicht. Denn damit es mich geben konnte, musste ja die Welt erst mal nicht auf meinen Vater hören. Es ist nicht so, dass niemals jemand auf meinen Vater gehört hätte. Wenn das der Fall wäre, hätten wir immer noch ganz kurze Kontonummern. Mein Vater hat nämlich die lange Kontonummer erfunden. Es war eine Sache, die längst überfällig war, ich habe aber nicht ganz begriffen, warum. Anscheinend waren die kurzen Kontonummern zu rätselhaft oder arbeitsintensiv und als die Nummern länger wurden, ließen sich einzelne Zahlungsvorgänge leichter nachvollziehen. Ich persönlich bevorzuge eigentlich kurze Romane, aber man kann grundsätzlich davon ausgehen, dass in längeren Romanen mehr drinsteht. Mein Vater hat leider nicht die langen Romane erfunden, sonst wäre ich der Sohn von Tolstoi oder Robert Musil, sondern eben etwas so Merkwürdiges wie die lange Kontonummer. Aber einer musste es ja tun. Es ist komisch, dass ausgerechnet er darauf gekommen ist. Es schien ja auf der Hand zu liegen. Heute gibt es nur noch lange Kontonummern, außer man hat sein Geld bei einer Privatbank untergebracht, da brauchen sie wahrscheinlich überhaupt keine Nummern.

Das mit der langen Kontonummer ist natürlich so eine Sache. Ich weiß selber nicht, wofür die gut sein soll und ich werde auch nie auf Partys angesprochen: »Sagen Sie mal, hat Ihr Vater damals nicht die lange Kontonummer erfunden? Kolossale Sache, das! Erinnere mich noch, als ob es heute wäre. Wir lagen vor Stalingrad, der Iwan haut uns die verbleiten Grüße nur so um die Ohren, doch ihr Vater hockt seelenruhig da und schreibt Zahlen auf einen Zettel, immerzu Zahlen, immer längere und ich frag ihn, Mensch, Erwin, was soll das, und er sagt …«

Kurze Zeit später bekomme ich einen Brief der Stadt Bückeburg, in dem man mir mitteilt, man habe sich entschlossen, dem größten Sohn der Stadt ein Denkmal zu setzen. Der größte Sohn bin aber nicht ich, sondern mein Vater. Eigentlich müsste es korrekt dem größten Vater der Stadt heißen. Aber das ist nicht üblich. Mein Vater hat lange in Bückeburg gelebt und es hat neben ihm niemand dort gelebt, der etwas Bedeutenderes als die lange Kontonummer erfunden hat. In Bückeburg arbeitete Hermann Löns ein Jahr als Lokalredakteur und Gottfried Herder war Prediger, aber das liegt alles schon so lange zurück. Wer weiß schon, wer Hermann Löns war. Wenn man heute ein Wort wie »der Heidedichter« hört, dann denkt man, er habe für Ungläubige geschrieben und es müsse eigentlich der Heidendichter heißen. Aber das war Ehm Welk, der »Die Heiden von Kummerow« geschrieben hat. Bei dieser gigantischen Begriffsverwirrung ist es wirklich kein Wunder, dass man sich in Bückeburg auf so eine saubere und klare Sache wie die lange Kontonummer besonnen hat. Man will meinem Vater eine Art Standbild oder Stele widmen. Alles symbolisch natürlich. Heute kommt man ja nur selten auf die Idee, eine Person direkt in Stein zu meißeln oder in Bronze zu gießen. Mich hätte das gefreut, denn das ist es doch, was die Leute am meisten interessiert, wie so jemand ausgesehen hat, der sich die langen Kontonummern einfallen ließ. »Hätte ich mir viel größer vorgestellt«, würden die Leute sagen, weil sie mit langen Kontonummern irgendwie auch einen großen Menschen in Verbindung bringen.

Weil sie das also mit Sicherheit nicht in Bückeburg machen, bin ich gespannt auf die künstlerische Umsetzung der Idee. Vielleicht ganz viele Zahlen zu einer Pyramide geschichtet oder eine Art Irrgarten mit Zahlen aus Buchsbäumen, damit die Kinder auch ihren Spaß haben. Eine begehbare lange Kontonummer, das würde mir gut gefallen. Unterirdisch könnte man ja noch ein Informationszentrum einrichten, dann würde ich vielleicht auch mal erfahren, was eigentlich die größte Lebensleistung meines Vaters ausgemacht hat. Ich habe keine Ahnung, ob man sich in Bückeburg solche Gedanken macht. Wahrscheinlich haben sie da genug anderes zu tun.

Sie könnten sich das aber wirklich mal überlegen, denn mein Vater hat auch den Bogenschießsport nach Bückeburg gebracht. Ob sie den da wirklich gebraucht haben, kann ich nicht sagen, mein Vater hat niemanden gefragt, sondern einfach das Bogenschießen nach Bückeburg gebracht. Irgendwann in den siebziger Jahren des letzten Jahrhunderts hat man dann im Bückeburger Schießsportverein mit Pfeil und Bogen herumgefuchtelt. Aber das nur nebenbei.

Mein Vater war 82 Jahre, als er starb. Von diesen 82 Jahren habe ich ihn vielleicht sechs Jahre lang gekannt und, wie man so sagt, bewusst erlebt eigentlich nur zwei Jahre. Erst musste nämlich seine zweite Frau sterben, bevor er sich trauen konnte, seinen Nachbarn zu sagen, dass er noch einen Sohn hatte neben dem Sohn, den er mit der gestorbenen Frau hatte. Das war eine komplizierte Zeit damals und in Bückeburg vor allem. Jetzt liegt mein Vater in einer ziemlich kleinen Urne, für den Erfinder der langen Kontonummer eigentlich nicht besonders angemessen. Kommen wir zurück zu der Welt, die auf meinen Vater hätte hören sollen. Er hatte einen Kameraden, der in der Wolfsschanze, in unmittelbarer Führernähe arbeitete und der erzählte am Wochenende immer, wie verrückt dieser Hitler sei. Mein Vater erwiderte, wenn der wirklich so durchgeknallt sei, dann sollte der Kamerad doch einfach mal eine Pistole mitnehmen und Hitler erschießen. So war mein Vater drauf, aber der Kamerad hat nicht auf ihn gehört und nur deshalb konnte ich entstehen. Denn der verrückte Hitler machte weiter und nach dem Krieg, in dem mein Vater als Marineangehöriger vier Mal versenkt wurde, traf er in einem Lübecker Krankenhaus meine Mutter. So rettete Adolf Hitler mein Leben.

# Meine Nachbarn

*Eigentlich ganz vielversprechende Stoffsammlung für ein weiteres nicht verwirklichtes Buchprojekt*

Seit es Menschen gibt, gibt es auch Nachbarn. Wobei der Nachbar kein wirklicher Mensch, sondern ein Störfaktor ist. Ein Nachbar bedeutet automatisch Ärger. Eine der ersten Nachbarschaften der Welt war die zwischen Kain und Abel, man weiß, wie das endete. Die Bibel ist voll von Geschichten über gescheiterte Nachbarschaften, die letzten beiden Gebote beschäftigen sich ausschließlich mit Nachbarschaftsstreitigkeiten. Du sollst nicht begehren deines Nächsten Weib, Kind, Geld und Hochdruckreiniger. Es kann der Frömmste nicht in Frieden leben, wenn es dem bösen Nachbarn nicht gefällt, dieser Spruch lässt tief blicken.

Wenn ich es zusammenzähle, dann hatte ich in meinem Leben mehr Nachbarn als Freunde. Es fing an mit den Schäfers, den Krauses, Frau Hahn und Frau Tiedemann, dann kamen Thönes, Feltens, Ottos. Danach Matz, Charles, Sanne, Barbara, Peddar, Christian, Ingo, Tom, Emma, Harald, Anne Kathrin, Klaus, Karin und Frieda Leistikow. Frau Leistikow brachte selber noch zahlreiche Nachbarn mit und wir hatten die größten Schwierigkeiten, die Kakerlaken wieder loszuwerden.

Klingt in der Vorstellung besser, als es in der Ausführung gewesen wäre.

**Kapitelüberschriften:**

Welche Arten von Nachbarn gibt es?
Was bedeuten die Geräusche aus der Nachbarwohnung?
Wie beobachten Sie am besten Ihre Nachbarn?
Woran erkennen Sie, dass Ihr Nachbar ein Außerirdischer ist?
Wie deuten Sie die Gerüchte, die über Ihre Nachbarn im Umlauf sind?
Ist es sinnvoll, die Post der Nachbarn zu lesen?
Berühmte Nachbarn (Stalin, Gandhi, Hitler, Paris Hilton)
Wie kann man seinen Nachbarn rausekeln?
Was tun gegen grillende Nachbarn?
Muss man Sex mit einem Nachbarn haben?
Nachbarn in der Literatur/Musik/Film
Tiere als Nachbarn?
Nachbarschaftshilfe
Nachbargalaxien/Tischnachbarn/Banknachbarn/Zellennachbarn

## Wer soll das alles einordnen?

Auf der nächsten Buchmesse wird es voraussichtlich 124.000 Neuerscheinungen geben, die alle unbedingt gelesen werden müssen. Weil die Lagerkapazitäten erschöpft sind, habe ich rechtzeitig vor der Messe damit begonnen, meinen Altbuchbestand einer sorgfältigen Prüfung zu unterziehen. Eine oberflächliche Inspektion ergab, dass ich über etwa 31,3 Meter Bücher verfüge, die aneinandergelegt nicht ganz bis zum Mond reichen würden. Sie würden nicht mal bis Offenbach reichen, wo man allerdings auch keine Bücher liest.

Ich hatte alle Bücher in Kartons verpackt und in den Flur gestellt. Danach die Fächer des Regals entstaubt und eine ziemliche Menge toter Insekten entfernt. Woran die gestorben sind? An den Ausdünstungen säurehaltigen Papiers vielleicht? Und warum findet man hinter Möbeln eigentlich immer Salzstangenreste? Machen sich manche Gäste einen Spaß daraus, die Salzstangen heimlich, während man die Schnittchen holt, hinter Regale und Sofas zu werfen?

Mein Regal sah ohne Bücher und Insektenleichen sehr gut aus, es hatte etwas verheißungsvolles, in die Zukunft weisendes. Statt mich darüber zu freuen packte ich die Kisten aus und begann den Inhalt wieder einzusortieren. Dabei nahm ich jedes Buch in die Hand, schaute es mit sorgenvollem Blick an, hielt es aus dem Fenster, blätterte es auf und schüttelte es hektisch. Möglich, dass wichtige Buchstaben oder Sätze dabei herausgefallen oder ganze Handlungsstränge durcheinandergeraten sind. Trotzdem muss man so mit Büchern verfahren, wenn man nicht will, dass sie völlig verstauben und anfangen, muffig zu riechen. Ein neues Buch riecht nach etwa drei Jahren schon recht unangenehm. Millionen von Büchern verwesen in diesem Moment in schlecht gepflegten Regalen. Zweckmäßig ist es deshalb, die Bücher verschweißt abzustellen und die Folie erst zu entfernen, wenn man das Buch wirklich lesen will. Ein verschweißtes Buch ist immer ein gutes Buch, aber ein unverschweißtes kann einem viele trübe Stunden bereiten.

Das Lesen wird als Kulturleistung unangemessen verherrlicht. Wieso liest man sich etwas durch, was jemand anderes geschrieben hat? Das tun eigentlich nur Lehrer oder Geheimdienste. Bücher sind legale Stasiakten, die der Überwachte oft selber angelegt hat. Man könnte aber auch sagen: Jedes Buch ist ein Grabstein. Ein Grabstein für eine verendete Lektüreleistung. Schrecklich, was einem für grauenhafte Aphorismen einfallen, sobald man sich ernsthafter mit Büchern beschäftigt.

Und auf mich warten jetzt weitere 124.000 Neuerscheinungen. Wo soll ich den Platz dafür hernehmen? Auf welche Bücher könnte ich bloß verzichten? Vielleicht auf Herta Müller? Ich habe »Atemschaukel« gelesen und müßte das Buch nicht unbedingt behalten. Ich sollte auf jeden Fall eine Notiz machen: »Dieses Buch wurde gelesen, als noch keiner wußte, dass die Autorin den Nobelpreis bekommt.« Das würde zeigen, dass ich nicht von Stockholm ferngesteuert bin. Herta Müller stünde genau zwischen Fanny Müller und Robert Müller. Also zwischen der Chronistin des Hamburger Prekariats und dem Hauptvertreter des exotistischen Expressionismus.

Gemessen an der Häufigkeit des Namens befinden sich nur sehr wenige Müllers in meiner Bibliothek. Müller scheint eigentlich kein Schriftstellername zu sein.

Schriftsteller haben keine Allerweltsnamen, jedenfalls pflege ich sonst keine Bücher von Schriftstellern mit Allerweltsnamen zu lesen. Kein einziger Meier beispielsweise, kein Wagner und auch kein Miller. Stattdessen Moorcock, Didion, Strugatzki, Turgenjew, Brautigan oder Modiano. So muss man also heißen, um von mir gelesen zu werden. Das wird mir erst jetzt klar. Insofern war es eine mutige Entscheidung, den Nobelpreis an jemand mit dem Namen Müller zu vergeben, obwohl man sonst in Stockholm für Namen wie Pamuk, Le Clezio oder Fo schwärmt. Ein Bekenntnis zu Herta Müller wäre also auch ein Bekenntnis zur Durchschnittlichkeit. Doch dieses Bekenntnis würde in meiner Bibliothek gar nicht wahrgenommen, denn sie ist aus Platzgründen zweireihig angeordnet. Und die drei Müllers stehen in der zweiten Reihe. Hinter Moers und Mosebach. Dieses System erlaubt mir, doppelt so viele Bücher unterzubringen aber es rückt auch Werke in den Vordergrund, die man lieber nicht so offensiv präsentieren möchte, denn eine Bibliothek ist ja auch immer eine kleinbildungsbürgerliche Visitenkarte. Egal, wie oft ich umräume, bei mir steht beispielsweise immer Goebbels vorne. »Kampf um Berlin« und »Vom Kaiserhof zur Reichskanzlei«. Die Bücher besitze ich nur, weil ich mal auf der Suche nach einem Zitat war, das ich dann auch gefunden habe aber jetzt drängen sie sich in den Vordergrund und sind nicht weit von Max Goldt entfernt. Goebbels hat ziemlich viel geschrieben, mehr als Goldt, erstaunlich, dass ihm neben der ganzen Demagogie Zeit dafür blieb. Während Goldt dagegen in seiner Freizeit auf Demagogie völlig verzichtet. Ich frage mich gerade, ob ich wohl jemals einem Menschen begegnen werde, der stolz auf seine Bibliothek weist und erklärt, er habe alles von Hitler? Hitler stünde bei mir übrigens auch vorne und zwar direkt zwischen Herzmanowsky-Orlando und Paulus Hochgatterer.

Besonders unangenehm kann die Zweireihigkeit werden, wenn man Besuch von einem Schriftsteller bekommt. Ich erinnere mich noch heute, wie einmal Robert Gernhardt zwischen Suppe und Hauptgang vor meiner Bibliothek stand. Natürlich nicht ganz plump vor dem Buchstaben »G«, das wäre auch für ihn peinlich gewesen. Er äußerte sich lobend über meinen umfangreichen Bestand an Büchern von Alexander Lernet-Holenia, der insgesamt 31 Werke umfasst. Aber er hatte natürlich die Goebbelsbücher registriert und auch die Goldttitel und vergeblich seine eigenen Werke gesucht, die alle nach hinten verbannt waren, worauf ich ihn dann notgedrungen hinweisen mußte. Darauf bemerkte er vielsagend: »Soso, in der zweiten Reihe...«, und da schwang bei aller Ironie auch ein Hauch von Kränkung mit. Meine eigenen Werke habe ich wohlweislich nicht in die Bibliothek eingeordnet, weil das so einen bescheidenen und unprätentiösen Eindruck macht. Ich stünde sonst direkt neben Zuckmayer, aber auch in der zweiten Reihe und zwar ganz unten.

Zuckmayer ist übrigens ein guter Schriftstellername, Zuckmüller oder Zuckwagner ginge auch. Die Vorsilbe Zuck veredelt anscheinend einfache Namen, wobei Zuckgoethe eher bizarr klänge, von Zuckzippert ganz zu schweigen.

Es ist wirklich ein Problem, wenn man viele Menschen kennt, die Bücher schreiben und die tatsächlich auch mal zu Besuch kommen könnten. Das Problem ist aber nicht nur, ob sie in erster oder zweiter Reihe stehen, das Problem ist, dass sie überhaupt schreiben. Von Robert Gernhardt stammt bezeichnenderweise die Äußerung, die anderen würden nur deshalb Bücher verfassen, um einen selber vom Schreiben abzuhalten, weil man deren Werke dann aus Höflichkeit liest. In Wirklichkeit handelt es sich um einen gnadenlosen Verdrängungswettbewerb. Vor allem, wenn es besonders dicke Bücher sind. Falls der Autor schlau ist, schreibt er auch noch eine Widmung in den Ziegel, die man dann erst vorsichtig mit einer Rasierklinge heraustrennen muss, bevor man das Buch dem Förderverein der Stadtbibliothek Oberursel schenkt, damit der es auf dem Bücherflohmarkt verkaufen kann, von dessen Erlösen die Stadtbücherei sich neue Ziegel anschafft.

Ein Freund schrieb mir in sein eher schmalziegeliges Werk: »für Hans und seine Erben (damit ihr das Buch später mal nicht wegschmeißt)«. Und damit steht jetzt auf ewig eine Joschka-Fischer-Biografie in meiner Bibliothek.

Auf einer Veranstaltung in Dresden begegnete ich dem sympathischen Dr. Manfred Osten und wir widmeten uns zum Abschied gegenseitig unsere Bücher. Seins trägt den Titel: »Digitale Systeme und die Zerstörung der Erinnerungskultur«. Ich habe es nicht überprüft, glaube aber, es handelt davon, dass ich sein Buch auf keinen Fall aussortieren darf, weil ich dadurch die Erinnerung an unsere Begegnung zerstören würde.

Doch wie kann ich unter diesen vertrackten Voraussetzungen bloß die 124.000 Neuerscheinungen unterbringen? Vielleicht sollte ich mich endlich von Billy Budd trennen. Den besitze ich nämlich vier Mal. Ich habe das »rätselhafte Alterswerk« Melvilles allerdings bislang noch nie gelesen und wohl deshalb immer wieder gekauft. Einmal in der Übersetzung von Ilse Hecht, einmal von Lislott Pfaff, einmal von Michael Walter und Daniel

Göske und dann noch von Richard Möring, der das Buch als erster ins Deutsche übertrug und zwar 1938. Eine gefährliche Zeit, es würde mich nicht wundern, wenn das Buch eigentlich »Hitlerjunge Billy Budd« heißen sollte.

Oder sollte ich mich endlich mal von Hans Holzers »Gespensterjäger« trennen? Das wäre ein Fehler, denn er schreibt im Nachwort, man könne ihm »jeden unerklärlichen Spukvorgang« melden. Und zwar nach New York City USA, 140 Riverside Drive. Hans Holzer wäre wahrscheinlich der Einzige, der mich vom grauenhaften Spuk der 124.000 Neuerscheinungen befreien könnte.

# Der Rollator meiner Mutter

Meine Mutter hatte nie in ihrem Leben einen Führerschein, sie hatte wohl auch nie das Bedürfnis einen zu erwerben. Er hätte unweigerlich den Erwerb eines Autos nach sich gezogen und das war finanziell außerhalb ihrer Möglichkeiten. Das Fahrrad ließ sie kurz vor meiner Geburt stehen, als sie von einem Arzt angefahren wurde, der sich Jahrzehnte danach als der Exmann ihrer späteren Nachbarin und noch späteren Exfreundin Frau G. herausstellte. Aber das ist eine ganz andere Geschichte. Nach dem Unfall ging meine Mutter zu Fuß und wurde zu einer Virtuosin des ÖPNV. Sie fuhr Straßenbahn und Bus mit traumwandlerischer Sicherheit, benutzte die Eisenbahn zu komplizierten Reisen von Bielefeld nach Wittenborn mit langen Aufenthalten in verrauchten Bahnhofsgaststätten in Löhne und Bad Oldesloe. Sie fuhr auch in Sessellifien, Gondeln, auf Ausflugsdampfern, Fähren und Fischkuttern. Seit sie über 90 ist, riskiert sie sogar die eine oder andere Taxitour, aber in erster Linie fährt sie mit Bus und Straßenbahn.

Die Arthrose hat ihr einen gebückten Gang aufgezwungen; da sie als Krankenschwester gearbeitet hat, verweigert sie sich jedem operativen Eingriff und verfügt noch immer über ihre original Hüft- und Kniegelenke, die aber reichlich abgenutzt sind. Mit diesen Originalteilen kommt sie erstaunlich weit. Als sie vor ein paar Jahren neue Hausschuhe brauchte, fiel ihr ein, dass es doch da in einem relativ weit entfernten Stadtteil einen großen Laden mit guter Auswahl gibt, der auch gleich an einer Bushaltestelle liegt. Um dorthin zu gelangen, musste sie mindestens viermal umsteigen, fuhr mal ober- und mal unterirdisch, hielt aber durch geschickte Benutzung von Fahrstühlen die Gelenkbelastung in Grenzen. Ich war nicht dabei, aber ich bin sicher, in jedem Bus ist sie, wie alle alten Menschen, schon eine Minute, bevor das Fahrzeug zum Stehen kam, aufgestanden und hat sich halsbrecherisch zum Ausgang durchgehangelt, dabei tapfer den Einwirkungen von Brems- und Schwerkraft trotzend. Die Expedition dauerte einen halben Tag, aber sie kam mit den Beutehausschuhen ihrer Wahl nach Hause. So, wie mir die Reise beschrieben wurde, würde ich sie in eine Reihe mit denen von Scott, Amundsen, Stanley, Livingston und Magellan stellen.

Für die Geschichtsschreibung bleibt festzuhalten: Meine Mutter hat die Nordwestpassage nach Schildesche* entdeckt. Nun aber, ein halbes Jahr vor der Vollendung ihres 90. Lebensjahres, geht es immer schlechter, genauer gesagt, sie geht immer schlechter und daher wurde ich einbestellt, damit ich sie zu einer Rollator-Probefahrt begleite. Ich stelle mich auf den Behindertenparkplatz direkt vor der Tür des Sanitätshauses und bitte meine Mutter, das nicht persönlich zu nehmen. Ein großer, vierschrötiger Mann ist der Rollator-Experte ihres Vertrauens, allerdings haben sie da auch keinen anderen. Der Vierschrötige lässt uns eine Weile in einem kargen Raum allein, in dem sich etwa zwanzig Rollatoren in verschiedenen Aggregatzuständen befinden. Manche stehen auf allen vieren, andere lehnen erschöpft an der Wand und drei sind einfach zusammengeklappt. Meine Mutter schleicht noch unschlüssig um die Herde herum, während

* Bielefelder Stadtteil

ich den erstbesten bei den Hörnern packe und versuche, ihn in die gewünschte Richtung zu zerren. Das geht nicht auf Anhieb, es ist auch für mich das erste Mal, dass ich einen Rollator lenke. Führerschein Klasse 3 nutzt einem da auch nicht viel. Meine Mutter hat inzwischen geschickt einen Rollator von der Herde getrennt und entschlossen gepackt. Auch er bewegt sich kaum, wir müssen ihm erst die Fußfesseln lösen, dann aber legt er los und zieht meine Mutter hinter sich her, die plötzlich ein erstaunliches Tempo drauf hat und versucht, mit dem Fahrzeug Schritt zu halten, ohne von ihm zu Boden gerissen zu werden.

Mühsam gelingt es mir aufzuschließen, ich bin jetzt auf gleicher Höhe mit ihr, die Räder unserer Rollatoren berühren sich, es ist wie bei Ben Hur. Da steht plötzlich der Vierschrötige im Raum und das bringt unsere wildgewordenen Fahrzeuge zum Stehen. Meine Mutter lacht verlegen wie ein junges Mädchen und lässt sich in das Rollator-Universum einführen. Das Modell, das die DAK vollständig bezahlt, sieht tatsächlich aus wie ein Kassengestell auf Rädern. Es macht einen gleich um drei Jahrzehnte älter und um fünf Jahrzehnte hinfälliger. Der Vierschrötige gibt dem ungeschlachten Ungetüm einen verächtlichen Tritt, damit es sich in irgendeine Ecke verpfeift, und kommt ohne Umschweife zum unvermeidlichen Rolls-Royce unter den Rollatoren. In jeder Warengruppe gibt es den. Erst kürzlich sagte mir ein Freund, sein Blutdruck sei nicht in Ordnung, aber er nehme den Rolls-Royce unter den Betablockern, das würde er mir auch empfehlen.

Eine Miele ist natürlich der Rolls-Royce unter den Waschmaschinen und ich befürchte, es gibt auch den Rolls-Royce unter den Inkontinenzwindeln. Nur den

Rolls-Royce unter den Rolls-Royces, den gibt es wahrscheinlich nicht. Der Rolls-Royce unter den Rollatoren lässt sich mit Leichtigkeit zusammenklappen, hat Licht für Nachtfahrten, kann mit einem Navi bestückt werden, sicher kann man auch einen Motor dazuschalten und in einer versteckten Mikrowelle sein Essen auf Rädern warm machen.

Er ist unglaublich wendig, man muss sich gut an ihm festhalten, sonst zischt er ohne einen los. Wenn man mit diesem Hightechgerät unterwegs ist, dann ist das fast so, als hätte man gar keinen Rollator. Die Kassenrollatorbesitzer blicken meiner Mutter neidisch nach, falls sie in der aufgewirbelten Staubwolke überhaupt was erkennen können. Es müsste eigentlich längst Überholspuren für Rollatorfahrer geben. Mit einem Rollator hat man auch immer eine Sitzgelegenheit dabei.

Man kann es sich überall bequem machen, sogar mitten auf der Kreuzung. Kein Autofahrer würde es wagen, mit dem Rolls-Royce unter den Rollatoren zu kollidieren. Zur Not zieht meine Mutter den Stock aus der Stockhalterung und schlägt dem Rolls-Royce unter den Opel Astras eine Delle in die Motorhaube. Der Rollator hat auch eine Tasche mit Reißverschluss, in der man Vorräte verstauen kann, falls man die Nordwestpassage mal zu Fuß bewältigen will.

Ich merke, wie in mir eine ungute Begeisterung für dieses Fortbewegungsmittel aufkeimt, ich versuche wahrscheinlich, mich innerlich vorzubereiten auf den Tag, da auch ich so weit sein werde. Es kann nicht schaden, so früh wie möglich eine positive Einstellung dazu aufzubauen. Die Rollatoren der Zukunft werden natürlich ganz anders aussehen. Ganz klein, so wie heute die Telefone. Wenn man mal einen braucht, erschafft man ihn am 3-D-

Drucker oder holt ihn aus der Cloud oder ruft den Rollatorbringdienst an.

Solche Gedanken schwurbeln dem alten Sohn einer steinalten Mutter durch die Birne. Er denkt: Rollatorfahren ist eigentlich eine Reise in die Vergangenheit. Als Kind wird man erst getragen und dann auf vier Rädern geschoben, als alter Mensch schiebt man seinen Kinderwagen noch selbst und wird dann getragen. Von vier schlechtgelaunten Männern – während man ganz entspannt in einer Holzkiste liegt.

## Wohnen wie Stevenson

Im Haus Nr. 17 in der Heriot Row in Edinburgh hat Robert Louis Stevenson einen großen Teil seiner Kindheit verbracht. Es ist Teil eines größeren Häuserblocks, der in einzelne nicht besonders breite Einheiten aufgeteilt ist, wobei jede Hausfassade individuell gestaltet ist. Das eindrucksvolle Treppenhaus mit breiten Steinstufen nimmt fast ein Drittel des Innenraums ein. Eine Glaskuppel im Dach sorgt für Licht und vermittelt dem Besucher sogleich das Gefühl, als stiege er in einem Leuchtturm empor. Und tatsächlich stammte Stevenson ja aus einer Familie von Leuchtturmbauern, deren Erbe er jedoch partout nicht antreten wollte. Hier verfasste er im Alter von 12 Jahren den allegorischen Dialog »The Charity Bazaar«, den er an Ort und Stelle den Besuchern des besagten Wohltätigkeitsbazars verkaufte. Und hier erfuhr der entsetzte Vater, dass sein Sohn keineswegs als Ingenieur, sondern als Schriftsteller arbeiten wollte. Dramatische Szenen haben sich also in der Heriot Row abgespielt. Seit 1971 befindet es sich im Besitz der inzwischen achtköpfigen Familie Macfie. Auf einem Schild am Eingang prangen die eigentlichen unmissverständlichen Worte »Private House – no museum«. Doch davon lassen sich die Menschen naturgemäß nicht immer abhalten. Mr. Macfie berichtet, dass seine Mutter eines Tages eine komplette neugierige Busreisegruppe zu deren Überraschung in ihr Haus einlud, und das passierte von da an häufiger. Aus solchen und ähnlichen Kontakten seien dann manchmal Freundschaften entstanden, die bis heute hielten. Stevenson hätte das gefallen, das zufällige Zusammentreffen einander zunächst völlig fremder Menschen ist der Ausgangspunkt vieler seiner Geschichten. Man muss seinen Eingang in dieses Haus aber nicht mit penetranter Neugier erzwingen. Es genügt ein Anruf und, wenn man Glück hat, ist einer der beiden Räume frei, die für Bed & Breakfast vorgesehen sind. Diese Unterkunft empfiehlt sich natürlich, ja, ist nachgerade unverzichtbar für den Stevenson-Verehrer, der besonders erfreut über das profunde Wissen des Hausherrn sein dürfte, denn John Macfie ist der Vorsitzende der Stevenson-Society und seine Bibliothek enthält einen großen Teil der Primär- und Sekundärliteratur des früheren Bewohners. Allein für die Besichtigung und natürlich ausgiebige Benutzung dieser Bibliothek sollte man mindestens einen Tag einplanen. Der Gast findet sehr schnell Familienanschluss, bzw. er kann es gar nicht verhindern. Mrs. Macfie stammt aus Bayern und ihre sechs Kinder, wie auch der Ehemann, sprechen hervorragend Deutsch. Die Hausherrin baut ihr eigenes Obst und Gemüse an und die Mahlzeiten sind auf einem Niveau, an das die normale schottische Restaurantküche noch lange nicht heranreicht. Eh man es sich versieht, sitzt man abends mit Vertretern von zehn Nationen an einem Tisch und erlebt, wie mit jedem Glas Wein das eigene Englisch immer flüssiger wird. Man kommt der Lösung vieler Menschheitsprobleme ziemlich nah und erfährt Erstaunliches über den sagenhaften Schatz von Traprain Law. Auch das hätte Stevenson mit Sicherheit gefallen.

Auch wer sich überhaupt nicht für Stevenson interessiert, falls eine solche Kreatur überhaupt vorstellbar, ja wünschenswert wäre, wird begeistert sein. Die Lage des Hauses ist für Stadtbesichtigungen ideal, in zehn Minuten steht man auf der Burg oder wahlweise auf Calton Hill, wenn man denn den teilweise eigenwillig getakteten Verkehrsampeln nicht zu viel Glauben geschenkt hat. Stevenson hat 1884 eher eine Art Abschreckungsreiseführer durch seine Geburtsstadt verfasst, wo er erklärt: »Das Wetter ist rauh und stürmisch im Winter, unfreundlich und unbeständig im Sommer und ein regelrechtes meteorologisches Fegefeuer im Frühling. Die Empfindsamen sterben früh und ich, als ein Überlebender rauer Winde und Sturzregen, war manchmal verleitet sie um ihr Schicksal zu beneiden.« Damals war allerdings die Outdoorbekleidung noch nicht so wirkungsvoll wie heute. Man kann eine Woche Edinburgh ohne größere gesundheitliche Schäden überstehen, vor allem, wenn man sich der Obhut der Macfies anvertraut.

Aus Stevensons Zeiten sind nur noch Teile des Badezimmers, eine Badewanne und eine hochinteressante Duschvorrichtung übrig geblieben, das ganze Haus wurde jedoch von zwei Generationen der Macfie so eingerichtet, dass man es durchaus als originalmöbliert durchgehen lassen könnte. Der Twin-Room im obersten Stockwerk bietet einen atemberaubenden Ausblick über die nördliche Stadt auf den Forth of Fife. Wenn man sich vor das Fenster an den Schreibtisch setzt, sollte man allerdings nicht erwarten, dass gleich ein literarisches Meisterwerk seinen Anfang nimmt. Eine solide getextete Postkarte tut es für den Anfang auch.

## Der Mann, der einen Berg brauchte, um über einen Wal schreiben zu können

Zum 200. Geburtstag vom Herman Melville wurde am 1. August 2019 im Garten seines Hauses in Pittsfield ein lebensgroßer, aufblasbarer Wal in Stellung gebracht, in dem sich bis zu dreißig Personen aufhalten können. Eine wunderbare Interpretationshilfe, denn man wird »Moby Dick« sicher besser verstehen, wenn man sich mal eine Zeitlang im Inneren seines Helden aufgehalten hat.

Dieses Hilfsmittel steht mir noch nicht zur Verfügung, als ich an einem kalten Apriltag vor dem Haus in der Holmes Road Nr. 780 stehe. Statt eines aufgeblasenen Wals steht Peter Bergman vor mir, der mich durch die Wohn- und Arbeitsräume des Dichters führen will. Ich bin an diesem Dienstag der einzige Gast, das Museum ist offiziell erst ab Mai geöffnet. Bergman, zuständig für Presse- und Öffentlichkeitsarbeit, sagt, er müsse mir eigentlich den Gruppentarif von 50 Dollar berechnen, aber, da wir ja praktisch Kollegen seien, ich hatte mich als Journalist ausgegeben, wären 40 auch in Ordnung. Ich akzeptiere ohne zu zögern sein großzügiges Rabattangebot und er beginnt seine Ausführungen mit einer für mich überraschenden Enthüllung. Melville schrieb sein Hauptwerk oder zumindest den größten Teil davon, im Arbeitszimmer des Anwesens, das er auf den Namen »Arrowhead« taufte, nachdem er beim Pflügen einige Pfeilspitzen aus Feuerstein gefunden hatte. Wenn er von seinem Schreibtisch aus dem Fenster schaute, sah er den Mount Greylock, mit 1063 Metern die höchste Erhebung der Berkshires, ja, von ganz Massachusetts. Wenn Schnee im

Winter den Berg bedeckte, dann nahm er die Gestalt eines großen weißen Pottwals an. So kam Melville die Idee, einen Roman über die Jagd auf einen großen weißen Pottwal zu schreiben. Sagt Mr. Bergmann. Ich äußere schüchtern meine Verblüffung, denn von allen Autoren, die jemals gelebt haben, war Melville wohl der einzige, der auf jegliche Inspiration durch schneebedeckte Berge verzichten konnte. Er fuhr als junger Mann mehrere Jahre zur See, wenn er sich mit etwas auskannte, dann mit der Waljagd.

»Taipee«, sein erster Roman, beginnt mit den Worten: »Sechs Monate auf See! Ja, Leser, so wahr ich lebe, sechs Monate kein Land gesichtet; auf der Jagd nach dem Pottwal unter der sengenden Sonne des Äquators, auf den Wogen des weithin rollenden Stillen Ozeans umhergeworfen – den Himmel über uns, die See um uns, und weiter nichts!« Doch Bergman winkt ab und berichtet, wie er sich jahrelang auf die Lauer gelegt und auf die passende Gelegenheit gewartet hatte, um das Beweisfoto zu schießen, denn dafür musste die Sicht klar und der Bergrücken in einer bestimmten Art und Weise beschneit sein. Jetzt ziert sein Schnappschuss den laminierten Flyer des Melville House »where a mountain inspired the tale of a whale«.

Noch kurz zuvor hatte mir Bergman ausführlich erklärt, wie Melvilles literarische Laufbahn begann, nachdem er sich durch ein kurzes Verhör überzeugt hatte, dass er von mir nicht unbedingt mit ernstzunehmenden Nachfragen zu rechnen hatte. Um dem öden Leben an Land zu entfliehen, schiffte sich Melville 1839 auf der »Acushnet« ein und verbrachte die nächsten vier Jahre überwiegend in Südseegefilden. Er lebte unter Eingeborenen, die ihn unbedingt im Gesicht und an den Händen tätowieren und möglicherweise verspeisen wollten, was ihn zu einer etwas überstürzten Abreise trieb. So die Kurzfassung einer längeren und äußerst farbigen Schilderung meines Führers.

Insgesamt lieferten Melville seine Erlebnisse an Land und auf See Stoff für fünf Romane, die ihm literarische Anerkennung und einen gewissen finanziellen Erfolg sicherten, der aber von Buch zu Buch stetig kleiner wurde. Das Geld für den Erwerb von »Arrowhead« musste er sich von seinem Schwiegervater leihen, der Oberster Richter von Massachusetts war. 1850 erfolgte der Einzug in das Haus, in dem jetzt Mr. Bergman die dichterische Oberhand gewonnen hat. Er führt mich durch niedrige dunkle Zimmer, die wenig Raum für sehr viele Menschen boten. Hier lebten neben Melville, seiner Frau Elizabeth und den vier Kindern, auch noch die Mutter und seine Schwestern. Trotz der räumlichen Enge wurde aber immer ein kleiner Schlafraum für Nathaniel Hawthorne freigehalten, mit dem Melville eng befreundet war, und es gibt einige Literaturwissenschaftler, die glauben, es könne mehr als Freundschaft gewesen sein. Das Bett blieb jedoch unbenutzt, Hawthorne hat nie in Arrowhead übernachtet.

Mr. Bergman, der mir in manchen Momenten wie ein Verwandter von Lewis Carrolls verrücktem Hutmacher erscheint und das ohne Hut, achtet darauf, dass ich nicht in einem unbeobachteten Moment ein Foto mache, in dem er dafür sorgt, dass es keinen unbeobachteten Moment gibt. Fotografieren hätte auch wenig Sinn, denn originales Mobiliar ist nicht mehr erhalten, außer dem mächtigen Kamin, dessen Schornstein Melville ein sehr schönes Denkmal in der Geschichte »I and my chimney« gesetzt hat.

Was den Autor an dem Haus in Pittsfield reizte, dafür gibt es verschiedene Erklärungen, einerseits war er als Kind häufiger bei einem in der Nähe wohnenden, exzentrischen Onkel zu Besuch gewesen, andererseits wohnte der von ihm verehrte Nathaniel Hawthorne ein paar Meilen weiter in Lenox und auf einem benachbarten Grundstück lebte Sarah Morewood, mit selten anwesendem Ehemann und Kindern, eine Dichterin, mit der Melville ein sehr enges Verhältnis hatte. Mr. Bergman ist sich sogar sicher: Es war ein Verhältnis, aus dem wahrscheinlich sogar ein gemeinsames Kind hervorging, »wenn man sich die Fotos mal genau anschaut«, die er mir nun unter die Nase hält. Tatsächlich scheint es da eine entfernte Ähnlichkeit zu geben und nachdem mich mein Führer so explizit darauf hingewiesen hat, sehe ich sie immer deutlicher. Wer tiefer in die schüpfrige Materie einzudringen wünscht, dem sei Michael Sheldens »Melville in Love« ans Herz gelegt. Dort wird die, sagen wir, mittelsteile These aufgestellt, dass die besessene Jagd Kapitän Ahabs nach dem weißen Wal die literarische Umsetzung der erotischen Besessenheit Melvilles darstellt. Mount Morewood oder Mount Greylock, einer von beiden muss die Hauptinspirationsquelle für den Dichter gewesen sein, wahrscheinlich waren es beide. Belegt ist nämlich ein gemeinsamer Aufstieg des Paares mit anschließender Übernachtung auf dem Gipfel im Jahre 1851. Doch auch Mr. Bergman ist im Angesicht des magischen Berges um steile Thesen nicht verlegen und beginnt mir zu erklären, welchen wohltätigen und zugleich auch diabolischen Einfluss Nathaniel Hawthorne auf »Moby Dick« hatte.

Ich befürchte, es gelang mir nicht immer, ihm zu folgen, ich habe mir zwar Notizen gemacht, aber ich kann meine Schrift so schlecht lesen und außerdem kann ich nicht gleichzeitig schreiben und zuhören. Es verhielt sich wohl so, dass Hawthorne nach dem Studium einer Rohfassung von »Moby Dick« begriff, dass ihm hier ein ernstzunehmender, wenn nicht gar überlegener Konkurrent erwachsen war. Was der Autor von »Der scharlachrote Buchstabe« damals anscheinend vor sich hatte, las ich etwa 120 Jahre später in atemloser Spannung in meinem Kinderzimmer. »Die Jagd nach dem weißen Wal« übersetzt und für die Jugend bearbeitet von Karl Bahnmüller. Die fast 900 Seiten der Originalausgabe waren auf weniger als die Hälfte gekürzt, man ließ einfach alles weg, was nicht direkt mit der wilden Waljagd zu tun hatte. Hawthorne nutzte seinen immensen Einfluss auf Melville und erklärte ihm, das sei ja schon eine sehr ordentliche Geschichte, aber da wäre mehr drin. Und dann schrieb Melville all die vielen Kapitel hinein, die den schönen Plot immer wieder ins Stocken bringen, philosophiert über die Farbe Weiß, erklärt in vielen Kapiteln Aufbau und Struktur eines Pottwals und lässt in einer sternenklaren Nacht die Matrosen in Versen reden. Zutaten, die den Roman zum Klassiker, zur Great American Novel gemacht haben, allerdings erst posthum.

Zu Lebzeiten wurden insgesamt 3.000 Exemplare verkauft. So also hielt sich der Ältere einen jüngeren Konkurrenten vom Leib und schob gleichzeitig die Entstehung eines Meisterwerks an. Ich möchte darauf hinweisen, dass es mir bis heute nicht gelungen ist, irgendwelche Quellen zu finden, die Bergmans These stützen könnten, aber das muss überhaupt nichts bedeuten und zeigt einfach nur, dass Quellen doch häufig überbewertet werden. Melville selber kam gegen Ende seines Lebens zu dem Schluss, das Übertreiben Teil des Vergnügens ist, »das in der Sünde liegt«.

Ich bin am Ende meiner Besichtigung angelangt und stehe jetzt endlich im Arbeitszimmer des Dichters, das erstaunlich geräumig und hell wirkt. Der Besucher darf, ja soll sich an den Schreibtisch setzen und sich vom Anblick der alles überragenden Erhebung, auf den mich Mr. Bergman noch einmal hinweist, zu eigenen Meisterwerken inspirieren lassen. Tatsächlich muss man sich fragen: Was macht dieser Berg mit einem? Sechs Jahre vor Melvilles erotisch motiviertem Gipfelsturm übernachtete Henry David Thoreau ganz allein auf dem Mount Greylock und diese Erfahrung soll sein Leben derart verändert haben, dass er sich kurz darauf entschloss, ein Jahr in den Wäldern zu verbringen und den Outdoor-Klassiker »Walden« zu schreiben. Obwohl man Mount Greylock heute mit dem Auto besteigen kann und Ski- und Snowboardpisten seine Hänge zerschneiden, hat seine Inspirationskraft nicht nachgelassen. J.K. Rowling erbaute erst kürzlich auf seinem Gipfel das Zaubererinternat »Ilvermorny«, das amerikanische Äquivalent zu Hogwarts, das auf magische Weise vor den Augen gewöhnlicher Sterblicher verborgen bleibt. Und mir scheint, dass der Berg auch auf Mr. Bergman, meinen beflissenen und unbedingt glaubwürdigen Führer durch Melvilles Wohnstätte und Universum einen ganz erheblichen Einfluss hat. Selbst ich hätte mit Sicherheit einen sehr viel profunderen Text verfassen können, wenn ich mir die Zeit genommen hätte, den Mount Greylock zu besteigen, anstatt in aller Eile nach Hartford in Connecticut zu fahren, um dort gerade noch die letzte Führung durch das Anwesen von Mark Twain zu erwischen, von dem es einen sehr schönen Bericht über die Besteigung eines Berges bei Luzern gibt. Doch das ist nun wirklich eine ganz andere Geschichte.

## Der amerikanische Vandale

1867 unternahm Mark Twain eine Kreuzfahrt, die ihn von New York über Gibraltar und Venedig nach Ägypten bis ins Heilige Land führte. Anschließend schrieb er über seine Erlebnisse ein Buch mit dem Titel »The Innocent Abroad«, (dt. »Die Arglosen im Ausland«). Das Werk entwickelte sich zu einem Bestseller, an dem der Autor, dank seines Verhandlungsgeschicks, erfreulich verdiente und begründete seinen literarischen Ruhm, den er auf ausgedehnten Vortragsreisen geschickt zu mehren wusste. Beim Verfassen seines Buches konnte er sich auf über 50 Zeitungsartikel stützen, die er während der Reise hauptsächlich für *The Daily Alta California* verfasst hatte. Diese Texte hat Alexander Pechmann unter dem Titel »Unterwegs mit den Arglosen« für den Mare-Verlag erstmals und großartig ins Deutsche übertragen. Ihm verdanken wir bereits »Die Post aus Hawai«, mit der Twain 1866 begann, die Welt nach seinem Bild zu formen. Wer »Die Arglosen im Ausland« schätzt und besitzt wird trotzdem nicht umhinkönnen, sich das neue Werk anzuschaffen, denn beide Reisebeschreibungen unterscheiden sich fundamental. Die Zeitungsberichte gleichen eher Live-Reportagen, sind unmittelbarer, ungeschliffener und von bösartiger Komik durchzogen. Die Nachbearbeitung ist aber ebenso unverzichtbar, denn hier erweist sich Twain als kompetenter Lektor seiner selbst, poliert viele Pointen auf Hochglanz, lässt Ungezogenheiten und persönliche Beleidigungen weg und gibt sich mehr als Humorist, was hier ausnahmsweise nicht abwertend gemeint ist. Bei Twain überrascht und verblüfft, wie sicher er über komikerzeugende Stilmittel gebietet, wie er jede Situation ins Absurde drehen, die Tonfälle wechseln und die Fallhöhen variieren, aber auch wie plastisch und einfühlsam er seine Reiseeindrücke vermitteln kann.

Nach dem Ende des Bürgerkriegs begann in den USA eine wahre »Travelmania«, wer es sich leisten konnte, ging auf Reisen, der Rest kaufte Reisebücher. Schriftsteller verdienten ein Vermögen mit den Beschreibungen ihrer Exkursionen. Frederic Marryat, ein Autor, den Mark Twain als Heranwachsender gelesen hatte, lieferte in seinem Essay »Hot to write a Book of Travels« eine auch heute noch gültige Zutatenliste: »Reisen – Betrachtungen über die Landschaft – Anekdote – Ankunft in der Stadt – Kirchen – Bevölkerung – historische Betrachtungen – Egotismus – Betrachtungen über Frauen – eine weitere Anekdote – Reflektionen – ein Abenteuer – und ab ins Bett.« Twain nutzte diese hilfreichen Anweisungen, wich aber beherzt davon ab, wann immer es ihm in den Sinn kam.

Wenn man mal Odysseus und Aeneas weglässt, dann waren Kreuzfahrten 1867 eine relativ neue Art, die Welt zu bereisen, die erst seit ungefähr 1844 kommerziell betrieben wurde. Twain wollte unbedingt an Bord der »Quaker City«, einem umgebauten militärischen Versorgungsschiff gehen, weil er gehört hatte, dass der von ihm bewunderte Prediger Henry Ward Beecher, an der Reise teilnehmen werde. Der Geistliche war übrigens ein Bruder von Harriet Beecher-Stowe, der Autorin von »Onkel Toms Hütte«. Organisiert wurde die Tour vom Kapitän und Besitzer des Schiffs in Personalunion und in dessen Büro erschien Twain in Begleitung eines Freundes, der ihn als »Reverend Mark Twain« vorstellte. Der ziemlich alkoholisierte Twain fragte, ob es wohl möglich sei, gemeinsam mit Beecher zu predigen und als ihm das garantiert wurde, leistete er auf der Stelle die 100 Dollar Anzahlung. Es sollte aber noch einige Zeit dauern, bis das Schiff auslaufen konnte, vor allem, weil sich die Passagierliste beständig änderte. Der echte Reverend, General Tecumseh Sherman, eine bekannte Schauspielerin und andere Berühmtheiten sprangen ab oder hatten nie gebucht und am Ende fand sich Mark Twain als prominentester Passagier der Quaker City wieder. Er durfte sogar die Luxuskabine des Generals beziehen, die er sofort in eine Art Nachtclub verwandelte, in dem sich moralisch und religiös nicht so gefestigte Mitreisende allabendlich versammelten und seine Champagner-Vorräte entschlossen dezimierten. Twain teilte sich die Kabine mit einem New Yorker Bankier, der einen Riesenvorrat an Hemden und 3000 Zigarren mit sich führte und den er als großartigen, unmoralischen, tabakrauchenden, weintrinkenden und gottlosen Menschen preist. Twain war nicht der einzige, der journalistischen Gewinn aus der Kreuzfahrt ziehen wollte, unter den Passagieren gab es zwei Damen, die ebenfalls Reiseschilderungen an ihre Heimatzeitungen kabelten, dazu kam noch ein schwergewichtiger Herr, der ungefragt als Schiffsdichter arbeitete und jeden mit Proben seines zweifelhaften Könnens quälte. Twain kommt zu dem Schluss: »Seine Dichtkunst ist an Bord des Schiffes eigentlich ganz gut aufgehoben, obwohl der Übergang von der ›Ode an den Sturm‹ – verfasst in einer halben Stunde – zu der gleich darauf geschriebenen ›Rede an den Hahn auf dem Mitteldeck‹ etwas abrupt war.«

Die Schauplätze der Reise wechseln abrupt, es beginnt auf den Azoren, geht weiter in Gibraltar und Tanger und nach einer kurzen Betrachtung über die Sitten der Mauren, ist Twain auch schon in Paris, wo er eine erstaunliche Begegnung hat: »Gestern waren wir im Bois de Boulogne unterwegs, zusammen mit 30.000 anderen Reisegruppen, als eine Schar von Männern mit Gold behangen auf schönen Pferden heranpreschte. […] Wir hielten an und Seine Kaiserliche Majestät Napoleon III und seine Durchlaucht Abdülaziz, der Sultan des Osmanischen Reiches, zogen in einem Abstand von sechs Fuß an uns vorbei. […] Das war meine Chance Weltruhm zu erlangen, und ich, mit meinem üblichen vermaledeiten Pech, hatte meinen Revolver zu Hause vergessen.«

Der unvorbereitete Leser zuckt unwillkürlich zusammen und fragt sich: hat er das jetzt wirklich geschrieben? Etwas weniger gewagt, der kurz darauf folgende Kalauer, in dem sich ein Mitreisender beklagt, »dass die Namen aller französischen Bahnhöfe bemerkenswert ähnlich seien. Der arme Teufel hatte sie allesamt in sein Notizbuch geschrieben: Pissoir.« Es geht dann weiter nach Venedig, Rom und Neapel, auf den Vesuv und zum Tee beim Russischen Zaren. Heutige Leser werden außerdem mit Interesse zur Kenntnis nehmen, wie viel Zeit die Pilger wegen verschiedenster Epidemien in lähmender Quarantäne verbringen mussten.

Sicher war Twain nicht der erste, dem die absurde Menge an christlichen Reliquien auffiel, die Tonnen von Nägeln vom Kreuz Christi, die Massen von Knochen, »genug, um vier Heilige zusammenzusetzen, und dabei würden noch reichlich Ersatzteile übrig bleiben«. Aber er musste auf seiner Reise so viele angeblich heilige Gebeine besichtigen, dass er keine Gelegenheit auslässt, den Glauben in Zweifel und religiöse Gefühle ins Lächerliche zu ziehen. Seiner Meinung nach können Priester überall, wo sie auftauchen, Hungersnöte auslösen, so dick und fett sind sie. »Man sollte sie gut abspecken und ausschmelzen. Aus den meisten könnte man Öl gewinnen, wie aus einem Wal.«

Angemessen gnadenlos gerät seine Beschreibung des Heiligen Landes, das für ihn zu einer großen Enttäuschung wird: »Unter all den Ländern mit trostloser Landschaft muss Palästina wohl König sein. [...] Es ist das hoffnungsloseste, trostloseste, unglückseligste Stück Land jenseits von Arizona.« Twain spekuliert, dass man die Wiederkehr des Heilands auf keinen Fall in Palästina erwarten solle, denn wer einmal dagewesen sei, habe wohl kaum das Bedürfnis zurückzukommen. Doch er kritisiert nicht nur, sondern liefert konstruktive Verbesserungsvorschläge. »Was Palästina fehlt ist Farbe [...] jede Pilgergruppe sollte ihm einen Anstrich verpassen und in kurzen Abständen Mauern errichten, damit man nicht zu viel Landschaft auf einmal sieht.«

Ebenso gnadenlos gibt der Autor sich selbst und seine Mitreisenden der Lächerlichkeit preis. Viele Passagiere der »Quaker City« waren allerdings so empört darüber, was sie bei einem Zwischenstopp in Gibraltar über sich in Zeitung lesen mussten, dass Twain sicherheitshalber mehrere Tage unter Deck blieb. Bewundern muss man die eiserne Konstitution und Disziplin des Chronisten, der während seiner strapaziösen Reise, trotz oder wahrscheinlich wegen umfangreichem Tabak- und Alkoholmissbrauch, noch in der Lage war, über 50 Reportagen zu schreiben und an seine Auftraggeber zu kabeln. Bewundern darf man auch die Dreistig- und Respektlosigkeit, mit der Twain sich den kulturellen Schätzen der Alten Welt nähert. Daneben zeichnet er ein, uns auch heute noch, sehr vertrautes Bild des Touristen, der wie eine Plage in fremde Länder einfällt und nur daran interessiert ist, Sehenswürdigkeiten abzuhaken und Souvenirs einzukaufen. Für Twain ist natürlich der ihm bestens bekannte, ignorante »amerikanische Vandale«, in den er sich bei Bedarf jederzeit selbst verwandeln konnte, ein steter Quell satirischer Betrachtungen. Er konnte dabei sowohl patriotisch als auch anti-amerikanisch polemisieren. Der geneigte Leser des 21. Jahrhunderts wird, wie so oft, feststellen, dass sich seit damals gar nicht viel geändert hat und er wird, je nach charakterlicher Verfasstheit, das Fehlen jeglicher politischer Korrektheit rühmen oder beklagen. Wohltuend ist aber die souveräne Subjektivität und überschäumende Fabulierlust, die Twain zu einem angenehmen und niemals langweiligen Reisebegleiter macht. Sein dürftig geheucheltes Résumé des angeblichen Höllentrips: »Ich bestreite […], dass Vergnügungsreisen wie diese darauf angelegt sind, für ein Übermaß an Vergnügen zu sorgen, und ich bestreite ebenso und äußerst inbrünstig, dass seit Anbeginn der Zeit je eine Gruppe an Bord eines Schiffes in See stach, die aufgrund ihres Alters und ihrer grässlichen Ernsthaftigkeit schlechter geeignet war, einen fröhlichen Ausflug rund um die Welt zu unternehmen.« Dabei war ihm natürlich klar, dass nur die misslungenen Reisen wirklich guten Stoff für den Autor liefern, aber jemand wie Twain konnte praktisch jeden Ausflug im Desaster enden lassen. Am Ende ist die ganze Welt für ihn nur Material zur Erzeugung von Komik und die Kreuzfahrt willkommenes Mittel für diesen unheiligen Zweck.

# Ich und Bukowski

1978 arbeitete ich in Bielefeld im Zentralen Briefabgang der Post. Es war eine fantastische Tätigkeit, ich konnte überhaupt nicht begreifen, dass ich auch noch Geld dafür bekam. Als ich anfing, hatte ich Schwierigkeiten, eine Flasche Bier vollständig auszutrinken, ich fand das einfach technisch relativ beschwerlich, weil die Flaschenöffnung so klein ist.

Als ich nach drei Jahren mit einiger Mühe und eigentlich gegen meinen Willen wieder bei der Post aufhörte, konnte ich sehr viele Flaschen Bier hintereinander leeren. Es gab im Keller des Zentralen Briefabgangs einen Automat, der insgesamt acht Getränke lieferte, und sieben davon waren Bier. Pils, Export, Alt und Bockbier, wenn es die Jahreszeit erlaubte. Man musste sich sehr tief bücken, wenn man die Taste für Wasser drücken wollte. Der Automat wurde von einem Mitarbeiter zärtlich betreut und sorgfältig nachgefüllt. In den Nachtschichten trank man Hochprozentiges aus ostwestfälischen Brennereien und dank eines archaischen Tischgrills waren wir in der Lage, das Hackfleisch auf unseren Brötchen, das Hähnchen Hägerbäumer besorgt hatte, ordentlich durchzubraten. Hägerbäumer heiß natürlich nicht wirklich Hähnchen mit Vornamen, sondern Hans. Aber weil er die Haut eines frischgerupften Huhnes und die Kollegen eine Vorliebe für Alliterationen hatten, kannte ich ihn nur als Hähnchen Hägerbäumer.

Wir hörten reichlich Musik, und Herr Lechtermann machte mich mit dem Gesamtwerk von Buddy Holly vertraut. Es gab neben Hägerbäumer und mir noch viele andere Mitarbeiter, die Hans hießen und gerne Hänschen, Hansi oder Hennes gerufen wurden. Ich wurde, aus mir nicht vollständig nachvollziehbaren Gründen, meistens als »Hennessy aus Tennessee« tituliert. Fast jeder meiner Kollegen hatte mindestens einmal den Lappen abgeben müssen, manche zweimal. Ich wusste, es war lebensgefährlich, morgens um sechs Uhr auf der Straße unterwegs zu sein, weil dann die ganzen sturzbetrunkenen Postler von der Nachtschicht nach Hause fuhren. Die Verladung der Beutel mit der von Lechtermann, Hägerbäumer und mir fein- und grobsortierten Briefpost in die entsprechenden Waggons besorgten Männer, die in Algerien geboren waren und auf Geheiß von Mohammed keinen Alkohol zu sich nahmen, aber dafür derartig hingebungsvoll kifften, dass man oft den Handhubwagen nicht mehr vor Augen sehen konnte. Man durfte die Postsäcke aus Respekt übrigens niemals als Säcke, sondern immer nur als Beutel bezeichnen, darauf achtete jeder, auch im Zustand der Volltrunkenheit.

Am späten Nachmittag füllten sich die Räume mit Frauen jeden Alters, die für die Sortierung von Kleinholz, also Postkarten und Briefe zuständig waren. Das Langholz, also Umschläge ab DIN A5 aufwärts, war Männersache. Es war auch Männersache, die Fächer der Frauen bei Bedarf frei zu räumen, anschließend schaute man durch die freigewordene Lücke und flirtete, wenn einem danach war. Auf diese Weise wurden einige Ehen angebahnt, die aber ständig auf der Kippe standen.

Postkarten wurden gerne gelesen, es kamen regelmäßig rätselhafte Botschaften aus Bethel, wo viele psychisch Kranke untergebracht waren. Auf einer unverständlich adressierten Ansichtskarte las ich eines Tages die Worte: »Ich hasse Sigmund Freud, das alte Sackgesicht / und male deshalb nicht.« Hätte es hier korrekterweise Beutelgesicht nicht heißen müssen?

Samstags fuhr ich mit Gerd Klein zur Radrennbahn, wo er mir zeigte, wie man ein Auto vernünftig pflegt. Er öffnete die Motorhaube meines Ford 12m Turnier und sagte ehrlich erschrocken. »Wie sieht's denn hier aus?« Danach war Zündkerzenputzen angesagt.

Wie gesagt, es war ein Traumjob. Man bekam Wechselschichtzulage, Staubzulage, Bekleidungszulage, Beutelzulage, Sonntagszulage und Nachtzulage und am Ende eine echte Lohntüte mit echtem Geld drin, mehr als ich damals ausgeben konnte. Ich mochte den Job so sehr, dass ich eigentlich für immer da bleiben wollte. In der Personalabteilung unterbreitete man mir einen Vertrag, in dem mein weiteres Leben bis zur Pensionierung als Oberpostdirektor genau geregelt wurde. Ich bat mir einen Tag Bedenkzeit aus, weil mir das unheimlich vorkam. Ich war bisher auch ohne Plan klargekommen und eigentlich wollte ich nicht in den gehobenen Dienst. Meine damalige Freundin riet mir dringend von dem faustischen Pakt ab und fragte: »Willst Du wirklich Alkoholiker werden?« Ich fragte patzig: »Wieso werden?«, verzichtete aber dann doch auf die gehobene Trinkerausbildung und blieb ein einfacher Arbeiter. In meiner Freizeit schrieb und klebte ich mit Freunden das *Dreck Magazin* zusammen, eine Mischung aus Punk-Fanzine und Satirezeitung, und als ich das Lechtermann während einer Nachtschicht erzählte, fand er das keineswegs befremdlich, sondern nickte anerkennend und sagte: »Wie Bukowski«. 1978 kannte jeder Bukowski, er war ein Superstar, bis heute wurden in Deutschland vier Millionen Bücher von ihm verkauft. Und natürlich wussten sie im Zentralen Briefabgang in Bielefeld, dass er auch mal im Zentralen Briefabgang in den USA gearbeitet hatte. Sie fühlten sich als Darsteller in einem Bukowski-Text, jedenfalls führten sie sich so auf. Bender und Dreesbeimdieker hatten sich tatsächlich mal »Der Mann mit der Ledertasche« gekauft. Bender war ein extrem lärmender Kollege, den das Rheinland schwer geschädigt hatte.

Als Hägerbäumer erzählte, er habe im Urlaub in einem Whirlpool gebadet, schrie Bender: »Das würd' ich nie machen, da sind mir zu viele kalte Bauern drin.« Das alles fiel mir wieder ein, als mich die Heimatzeitung darauf aufmerksam machte, dass die Charles-Bukowski-Gesellschaft ihre jährliche Tagung in Oberstedten abhalten wollte, fünf Minuten von meinem Schreibtisch entfernt. Ich musste allerdings noch den Rasen mähen und einen wasserabweisenden Schutzanstrich auf die Fassade streichen, deshalb bekam ich nur den Schluss der Veranstaltung mit. Es wurde ein Mitschnitt der einzigen Lesung in Deutschland, 1978 in der Hamburger Markthalle, gezeigt. Exklusives Material, dass nur die Bukowski-Gesellschaft besitzt, die seit 1996 das Werk des Dichters hingebungsvoll pflegt.

Ich sah, wie Bukowski unter frenetischem Beifall auf die Bühne geführt wurde und sich auf einen Stuhl hinter einer Sperrholzplatte setzte, die man auf zwei Arbeitsböcke gelegt hatte. Links hinter ihm, eigentlich direkt neben ihm, stand ein Kühlschrank, aus dem er im Laufe der Lesung drei Flaschen Weißwein hervorholte und sehr diszipliniert leerte. Er begründete das mit den Worten: »Ich hatte wirklich zum ersten Mal das Gefühl, dass die Leute die Gedichte verstanden. Das warf mich zurück, ich musste also mehr trinken.« Es standen drei Gläser auf seinem Tisch, von denen er aber nur eins benutzte. Wasser schien er nicht zu brauchen. Dazu rauchte er ununterbrochen und es wurden ihm aus dem Publikum immer wieder Feuerzeuge angereicht. Die Stimmung war aufgepeitscht, einige hatten gewaltig vorgeglüht, um dem Meister die Ehre zu erweisen und um ihn besser anpöbeln zu können, weil sie fälschlicherweise dachten, jemand, dessen Texte reichlich Obszönitäten enthalten, würde schlechtes Benehmen zu schätzen wissen.

Bukowski war in bestechender Verfassung. Er sprach sehr langsam und deutlich und mit großer Überzeugung, wie jemand, der weiß, dass er etwas Bedeutsames vorzutragen hat. Er reagierte auf das Publikum und wies Zwischenrufer in die Schranken. Bukowski trank Müller-Thurgau, einen Wein, der bis heute kein wirklich gutes Renommee hat, der dem Dichter vielleicht gerade deshalb schmeckte. Letztendlich trank er alles, was man ihm vorsetzte, zum Arbeiten empfahl er ausdrücklich Weißwein: »Bier macht dick, und scharfe Sachen zerfressen den Magen und die Leber, und es ist schwer, dabei zu schreiben. Guter deutscher Weißwein ist schon für 3,50 zu haben. Zwei Flaschen, und du erlebst einen netten Abend und wachst am nächsten Morgen nicht mit einem Gefühl auf, als hättest du die ganze Nacht nasse Katzenscheiße geschluckt.«

Heute versuchen viele Winzer den Müller-Thurgau salonfähig zu machen und führen dabei Bukowski als Kronzeugen an. Dank der archäologischen Arbeit der Bukowski-Gesellschaft war ich nachträglich doch noch bei der Veranstaltung dabei, denn während der Dichter damals in Hamburg las und trank, sortierte ich in Bielefeld Briefe und trank. Es heißt, Bukowski habe bei Lesungen hauptsächlich aus Unsicherheit viel getrunken, was ihm körperlich sehr geschadet hat. Deshalb gab er es irgendwann auf, das öffentliche Vorlesen.

## Hilfe,
## ich kann nicht pubertieren!

Die Pubertät gehört neben Geburt und Tod vielleicht zu den interessantesten Phasen im menschlichen Dasein. Tausende von Forschern bemühen sich herauszufinden, was da eigentlich im Hirn eines Heranwachsenden passiert, bzw. ob man das eigentlich schon als Hirn bezeichnen kann, Tausende von Ratgebern bemühen sich, Eltern die Haltung und Pflege eines Pubertierenden zu erleichtern. Der Pubertierende selbst erfährt aus Jugendzeitschriften oder Broschüren der Ersatzkassen erstaunliche bis erschreckende Dinge über seine Krankheit. Lief dieser Prozess früher eher unaufgeregt und selbstverständlich ab, steht der Jugendliche heute unter ständiger Beobachtung. Eltern lauern auf den ersten unkontrollierten Wutausbruch, auf die erste Regel oder den ersten Schamhaaransatz. Mediziner lauern darauf, die chaotischen Abläufe in Körper und Geist des Heranwachsenden mit Chemikalien aller Art in die richtigen Bahnen zurückzulenken.

An die Jugendlichen werden gerade in der Pubertät höchste Anforderungen gestellt, in dieser Zeit erwarten Eltern, Ärzte und Soziologen großes von ihnen. Höchstleistungen an Wahnsinn, an unberechenbarem Verhalten, an Verständnis- und Gefühllosigkeit müssen vom Pubertierenden täglich erbracht werden, um das Erziehungspersonal zufriedenzustellen. Was aber, wenn die Veränderungen ausbleiben, wenn sich die rechte Aufmüpfigkeit, die ausgeprägte Trotzhaltung, die schockeriende Unzurechnungsfähigkeit oder die sexuellen Exzesse einfach nicht einstellen wollen? Dann geraten Jugendliche sehr schnell unter Pubertätsstress. Sie spüren, dass sie den Anforderungen nicht gewachsen sind und geraten in eine Sinnkrise. Auf den Ratgeberseiten der Jugendzeitschriften häufen sich dann Anfragen wie: »Gestern habe ich während des Abendbrots meinen Teller fallen lassen. Leide ich vielleicht unter Essstörungen?« Erfahrene Psychologen müssen dann dem Teenager mit viel Feingefühl erklären, dass man unter einer Essstörung keine Störung des Essens versteht und dass man dafür schon mehr bringen muss, als mitten beim Essen aufzustehen oder einen Anruf entgegenzunehmen. Auch wer sich weigert, das Wort »das«, wenigstens hin und wieder am Ende mit Doppelkonsonant zu schreiben, leidet höchstens nach Ansicht von Linguisten unter »S-Störungen«.

Viele Jugendliche, die wissen, dass ihre Eltern ängstlich jeden Tagebucheintrag kontrollieren, versuchen die Erziehungsberechtigten durch in fahriger Schrift hingeworfene Bemerkungen wie »heute trug ich mich mal wieder mit Selbstmordgedanken« zu beruhigen. Schließlich wissen Sie, dass ihre Eltern gerade eine Studie gelesen haben, nach der sich 60 Prozent aller Pubertierenden hin und wieder mit Selbstmordgedanken tragen. Häufig sind sich die Befragten allerdings über die Konsequenzen eines Suizids gar nicht im Klaren, so gibt zum Beispiel ein Dreizehnjähriger aus Pelkum bei Hamm zu Protokoll, er wolle nach seinem Selbstmord eine Ausbildung als Mechatroniker beginnen.

In letzter Zeit melden sich immer wieder verzweifelte Eltern bei den einschlägigen Beratungsstellen und klagen: »Hilfe, unser Kind hegt keine Selbstmordgedanken, was haben wir falsch gemacht?« Ganz instinktiv haben sie damit den ersten Schritt in die richtige Richtung gemacht, denn sobald das Kind von dem hochpeinlichen Auftritt der Eltern in der Beratungsstelle erfährt, wird es sich umgehend mit Selbstmordgedanken tragen.

Tatsächlich wird heutzutage hauptsächlich von den Eltern Druck auf die charakterlich noch nicht besonders stabilen Sprösslinge ausgeübt. Aus dem Freundeskreis und der Nachbarschaft kennen sie unzählige Fälle von exzessivem Marihuanakonsum, Graffitiattacken, Komatrinkereien oder Teenagerschwangerschaften. Mit leuchtenden Augen erzählen andere Eltern, wie sie den Sohn oder die Tochter von der Polizeiwache, der Ausnüchterungszelle oder der Intensivstation abholen mussten. Wenn man dann selber nur Nachwuchs aufbieten kann, der eifrig Briefmarken sammelt, voltigiert oder gar unter krankhafter Hochbegabung leidet, fragt man sich natürlich, was man falsch gemacht hat. Warum konnte das Kind keine normale Trotzhaltung entwickeln, wieso ist seine Aufmüpfigkeit nur so schwach ausgeprägt? Hilft da vielleicht auch Ritalin?

Noch vor wenigen Jahren war eine Geburt ein halbwegs natürlicher Vorgang, der einfach zu Hause in Anwesenheit einer Hebamme stattfand, heute wird die Geburt allgemein als eine hochkomplizierte Krankheit angesehen, die von mehreren Ärzten behandelt und im Krankenhaus auskuriert werden muss. Ein ähnliches Schicksal steht mit Sicherheit auch der Pubertät bevor. Es wird Pubertätsvorbereitungs- und Rückbildungskurse geben und in der intensiven Phase wird der Pubertierende ins Krankenhaus eingewiesen, wo er bleiben muss, bis der gereifte Erwachsene endlich entbunden wurde.

Andererseits wird man auch den Jugendlichen Schulungskurse anbieten, in denen sie lernen, richtig zu pubertieren. Nur so kann man verhindern, dass Heranwachsende unter Minderwertigkeitskomplexen und Versagensängsten leiden, weil sie befürchten, dem Pubertätsdruck nicht gewachsen zu sein. Sicher ist es für einen deutschen Jugendlichen auch nicht einfach, wenn er hört, dass seine Altersgenossen in Frankreich, Autos umwerfen, anzünden und ganze Vorstädte in Schutt und Asche legen. Wie müssen sich Pubertierende in Reutlingen, Gifhorn oder Kiel fühlen, die vielleicht noch nicht mal unter echten sozialen Ungerechtigkeiten leiden?

Soll man ihnen vielleicht ein paar Vorstädte, die sowieso dringend saniert werden müssten, zum Ausleben ihrer hormonellen Störungen zur Verfügung stellen? Sollte man Partnerschaften mit Jugendlichen in Lyon und Paris organisieren, um ihnen die Grundbegriffe erfüllten Pubertierens zu vermitteln?

Die Fachleute sind sich nicht darüber einig, ob zu einer gelebten Pubertät tatsächlich ein gewisses Maß an Selbstverstümmelung gehört. Die pubertätsbedarfserzeugende Industrie könnte aber sicher mit aufklebbaren Narben oder Wunden aufwarten, damit auch Teenager, die vor Gewaltanwendung gegen sich selbst zurückscheuen, im Freundeskreis nicht abseits stehen müssen.

Die Politik hat überraschenderweise schon reagiert. Dort werden Jugendliche seit Jahren systematisch stigmatisiert, man redet ausschließlich von jugendlichen Gewalttätern, jugendlichen Arbeitslosen oder jugendlichen Randalierern. Das ist wichtig, dadurch fühlen sich die Pubertierenden ernst- und auch angenommen in ihrem Anderssein. Trotzdem reichen solche Lippenbekenntnisse natürlich nicht aus. Deshalb ist es begrüßenswert, wenn Politiker Erziehungslager einrichten wollen, in denen man einem gewissen Pubertätsdrill ausgesetzt ist.

Man muss den Pubertierenden außerdem eine Checkliste an die Hand geben, aus der sie erfahren können, welche Anforderungen die Gesellschaft heutzutage an sie stellt und welche davon sie vielleicht schon erfüllt haben. Viele junge Männer wird es sehr beruhigen, wenn sie hören, dass es gar nicht so schlimm ist, wenn sie noch keine Regel hatten. Auf der anderen Seite müssen sie sich natürlich ernste Gedanken machen, wenn sie die gleiche Musik gut finden wie ihr Vater, oder wenn sie sich plötzlich dabei ertappen, wie sie den Müll raustragen oder sogar ihr Zimmer aufräumen.

## Traxler-Gedicht

*Markus Lüpertz, Baselitz,*
*alles nur ein schlechter Witz!*

*Joseph Beuys und Gerhard Richter?*
*habt ihr's noch 'ne Nummer schlichter?*

*Nolde, Marc und Johnny Meese,*
*die sind jedenfalls nur Käse!*

*Ja, selbst Michelangelo*
*geht mal grade eben so*

*Und was Rembrandt anbetrifft,*
*der war meistens zu bekifft*

*Wilhelm Busch und Anders Zorn,*
*sind ganz gut, doch wirklich vorn*

*liegen alle beide nicht,*
*jedenfalls nicht im Gedicht.*

*Bringt es denn hier wirklich keiner?*
*Ach, vielleicht aus Nürnberg einer?*

*Hasenmalen konnte der,*
*Nashorn war ihm nicht zu schwer,*

*doch die Gans mit Licht darin,*
*kriegte Dürer niemals hin.*

*Und auch Lukas der Cranach**
*war beim Leuchtganszeichnen schwach.*

*Ganz zu schweigen von Frans Hals,*
*der versagte damals als,*
*er ein Murmeltier skizzierte*
*und sich dabei schwer blamierte.*

*Jetzt ist Schluss mit dem Gewinsel,*
*denn nur einer führt den Pinsel*
*so gekonnt und so leger,*
*besser noch als Jan Vermeer.*

*Einer bringt's nur voll und ganz*
*und das ist der Traxlerhans*
*Dem wir, ohne uns zu zieren*
*jetzt mal herzlich gratulieren.*

*Eines muss man noch berichten,*
*Traxler kann auch super dichten,*
*solche Zeilen, wie die eben,*
*hätte er nie abgegeben.*

* Aus technischen Gründen ausnahmsweise
auf der zweiten Silbe betont

## Wie ich den Durchblick bekam

Das Unglück begann, als ich weinen musste. Jedenfalls meine ich, dass es sich so abgespielt hat. Eigentlich ist es ja normalerweise umgekehrt, man muss weinen, weil sich ein Unglück ereignet hat, aber in meinem Fall stimmt die Reihenfolge. Ich hörte ein Lied des amerikanischen Singer Songwriters Loudon Wainwright III. Es würde zu weit führen zu erklären, warum ich plötzlich so gerührt war, ganz genau weiß ich es ja selber nicht mehr. Aber ich mochte das Gefühl und deshalb legte ich das Lied gleich nochmal auf und gab mich hemmungslos den Tränen hin, die ich anscheinend problemlos abrufen konnte. Am nächsten Tag sah ich nach dem Aufwachen plötzlich kleine schwarze Punkte, Schlieren bewegten sich von links nach rechts in meinem Sichtfeld. Das lag an den Tränen, die hatten das alles herausgespült. So erklärte ich mir das Phänomen, ich hatte wirklich lange nicht mehr richtig geweint, weil es keinen Grund dafür gegeben hatte, die Kinder waren zu alt, um rührende Dinge zu tun, und es war Jahrzehnte her, seit ich so richtig auf die Fresse bekommen hatte, dass mir die Tränen kamen. Das war damals in Sylt gewesen, als ich mit der Arbeiterwohlfahrt nach Rantum verschickt wurde und es fünf Wochen lang nur Grießbrei zum Frühstück gab. Aber das gehört gar nicht zu der Geschichte und ich wurde auch nicht verprügelt, weil ich den Brei nicht essen wollte, sondern weil ich damals meine Brille nicht trug und deshalb nicht erkannt hatte, dass der andere viel älter und stärker war als ich. Jetzt hatte ich nur wegen eines rührseligen Songs geweint und sah Punkte und Schlieren.

An manchen Tagen vergaß ich sie, meistens nervten sie mich und ich versuchte morgens beim Duschen mit offenen Augen in den Wasserstrahl zu schauen, aber das half nicht. Ich entschied mich für die oft auch recht zuverlässige Wirdschonwiedervonalleineweggehen-Methode, flog für zwei Wochen in die USA, wo die Berkshire Mountains in den Vordergrund und die Schlieren in den Hintergrund traten und ich dafür immer häufiger versuchte, recht große Insekten zu verscheuchen, die es gar nicht gab. Am letzten Tag meines Aufenthaltes kam noch im unteren Bereich meines Sichtfeldes eine Art roter Folie hinzu, die nach der Landung die Funktion meines rechten Auges zu 50 Prozent beeinträchtigte. Es handelte sich um das Kirchenfensterphänomen, wie ich fünf Stunden später erfahren sollte.

Es war ein Freitagnachmittag und alle Augenärzte hatten glücklicherweise nicht mehr auf. Ich konsultierte meinen Optiker, der mich ernst betrachtete und mir die Augennotaufnahme empfahl. Ich hatte nicht gewusst, dass es das überhaupt gibt, aber eine Stunde später saß ich einem Arzt gegenüber, auf dessen Namensschild ich glaubte, das Wort Mohammed zu entziffern. Er ließ mich in sehr viele Apparate schauen und gab durch keinerlei Regung erkennen, wie es um mich stand. Es schien mir aber so, als sei es wohl irgendwie nicht so ernst und ich bereitete mich innerlich bereits darauf vor, wieder nach Hause gehen zu können, als er mir mitteilte, ich müsse die Nacht auf der Station verbringen und werde am nächsten Tag operiert. Die Diagnose lautete »Netzhautablösung«, später las ich im Arztbrief die dramatischere Formulierung »fast vollständige Netzhautablösung«. Er ließ mich noch in weitere Apparate schauen und ging mit mir in einen beängstigend dunklen Krankenhaustrakt, wo er am Ende eines ganz langen Ganges einen fensterlosen Raum aufschloss und mich nochmal in einen anscheinend entscheidenden Apparat schauen ließ.

Dann brachte er mich auf die Station, wo ich Schwester Renate kennenlernte und ein Zweibettzimmer mit Einzelbelegung zugewiesen bekam. Ich lernte sogar meinen Operateur kennen, der mir erklärte, er könne mir noch nicht die genaue OP-Zeit mitteilen, da er zuerst sein Team zusammenstellen müsste. Das gefiel mir. Eine hochkomplizierte Mission, für die er nur die Besten der Besten gebrauchen konnte. Das kannte ich aus »Ocean's Eleven«: »Wir brauchen einen Spezialisten für den Safe, einen für den Fluchtwagen und einer muss die Bullen ablenken.«

Er begutachtete mich wie ein mittelmäßig interessantes Insekt und zeigte ebenfalls keine Gefühlsregung. Immerhin schauen Augenärzte einem wenigstens in die Augen, eigentlich können sie gar nicht genug davon kriegen. Der Mann, dem ich schon bald im OP-Saal gegenüberliegen würde, gab einen kurzen Ausblick auf das, was in wenigen Stunden passieren würde, sobald er das besagte Team zusammen hatte. Er plante, den Glaskörper aus meinem Auge zu entfernen, die Netzhaut wieder anzunähen und das Auge mit Gas zu füllen. Ich muss sagen, dass ich geschockt war. Ich wusste nicht, dass man den Glaskörper einfach aus dem Auge ablassen konnte, ich wusste nicht mal, dass ich einen Glaskörper hatte, ich nahm bisher an, ich hätte ein echtes Auge. An die Sache mit dem Gas wollte ich lieber gar nicht erst denken. Für den Operateur war das natürlich nur Routine, ihn interessierte meine Verwirrung nicht, er wollte vor allem wissen, ob ich mir zutraute, zwei Stunden wach auf dem Rücken zu liegen, denn er empfahl mir keine Vollnarkose, sondern nur eine lokale Betäubung, wahrscheinlich damit ich auch was von der Glaskörperablassung hätte. Außerdem musste er dann keinen Anästhesisten ins Team holen, aber das sagte er mir nicht.

Natürlich gäbe es, so wie immer, einige Risiken, im schlimmsten Fall könnte ich erblinden, ich könnte aber auch nur einen Knick in der Optik zurückbehalten. Das bereitete mir einige Sorgen. Ich stellte mir vor, wie ich mit einem Blindenhund auf die Zugspitze klettern würde und überlegte, ob es auch Hunde gibt, die einen bei einem Knick in der Optik unterstützen. Am nächsten Morgen kam Schwester Renate, brachte mir mein OP-Hemd und schärfte mir ein, meine Wertsachen im Spind einzuschließen und den Schlüssel in die Socke zu stecken. Denn, das war der Clou, ich durfte mit eigenen Socken in den Operationssaal, obwohl ich nur Kassenpatient war. Das OP-Hemd kannte ich aus vielen Kriminalfilmen, wo Patienten im letzten Moment, bevor man ihnen das Gehirn amputiert, abhauen und in diesem unwürdigen, hinten offenen Kleidungsstück, einer Art umgekehrter Kittelschürze, die ganze Stadt durchqueren müssen, bis ihnen ein Kumpel menschenwürdige Kleidung bringt. Oder bis sie einen Altkleidersack leergeräumt haben. Ich hatte nicht vor, mich aus dem Staub zu machen, weil sich das Kirchenfensterphänomen noch stärker ausgebreitet hatte und ich mit dem rechten Auge fast nur noch rot sah.

Eine Krankenschwester betrat den Raum und stocherte suchend in meinem Arm herum, um eine gute Stelle für den Zugang zu finden, durch den man alle möglichen Flüssigkeiten in mich hereinlaufen lassen wollte, und dann fuhren mich zwei Lernschwestern unter viel Gekicher in den anscheinend kilometerweit entfernten Operationssaal. Dort wartete schon eine OP-Schwester aus dem

Spezial-Team auf mich. Sie sagte, es sei Wochenende und da müsse der Arzt nehmen, was er kriegen könnte, die Auswahl sei nicht groß. Sie selber arbeite eigentlich in einer tierärztlichen Klinik.

Ich bin mir nicht sicher, ob der letzte Satz wirklich gesprochen wurde, denn in diesem Moment erschien der Arzt und presste mir ein Tuch aufs Gesicht, das nur mein rechtes Auge frei ließ. Er nehme mal an, dass ich nicht unter Platzangst leide, befand er, während die Schwester das Tuch festzurrte. An die nun folgende Operation erinnere ich mich sehr gut, ich war ja bei vollem Bewusstsein. Niemals hätte ich gedacht, dass man mit derartig vielen Geräten in einem Auge herumfummeln kann, ohne dass da alles kaputt geht. Immer mal wieder, sah ich etwas Spitzes in meinem Auge und hörte ständig ein Geräusch wie von einem Trockenrasierer. »Das ist der Makulastaubsauger«, erklärte der Operateur auf meine Nachfrage ungerührt und ich dachte, Wahnsinn, für einen Staubsauger ist da auch noch Platz.

Weil das OP-Team so gut in Schwung war, wurde ich auch noch am Grauen Star operiert, obwohl ich keinen hatte, aber, so versicherte man mir, der käme zwangsläufig in den nächsten zehn Jahren. Nach nicht ganz zwei Stunden waren »Ocean's Eleven«, in meinem Fall allerdings Ocean's Three, fertig mit mir, ich wurde zurück in mein Zimmer gefahren und musste zwei Stunden auf dem Bauch liegen, damit das Gas in meinem Auge sich optimal verteilte und gegen die frisch vernähte Netzhaut drückte. Das operierte Auge war mit einem Verband verklebt und irgendwann bekam ich auch etwas zu essen.

Ich betrachtete lange, was da vor mir auf dem Tablett lag und konnte mir aber nicht erklären, um welche Speise es sich handelte. Es waren zwei kreisrunde Gebilde, die aussahen, wie frittierter Schorf von alten Wunden. Davon haben sie im Krankenhaus sicher eine ganze Menge, aber ich wusste nicht, dass der zu Mahlzeiten verarbeitet wurde. Nachdem sich mein letztes mir noch verbliebenes Auge an den Anblick gewöhnt hatte, sah ich den Zettel, auf dem der Name der Schorftaler gedruckt stand. Es handelte sich angeblich um Couscous.

Da ich seit zwanzig Stunden nichts gegessen hatte, warf ich alle Bedenken über Bord und verzehrte die recht knusprige Masse. Sie schmeckte weder nach Couscous noch nach Schorf, so weit ich das beurteilen kann, es waren auch wider Erwarten keine Krankenhauskeime drin, so dass ich überlebte. Ich glaube, die Patienten der Augenklinik bekommen sehr spezielles Essen, vielleicht handelt es sich um Gerichte, die sich in der Erprobungsphase befinden, vielleicht ist der essbare Schorf auch Teil einer klinischen Studie, uns Netzhautoperierten kann man jedenfalls alles vorsetzen, denn bei uns isst das eine Auge nicht so richtig mit.

Am zweiten Tag wurde der Verband entfernt und ich sah, dass ich nicht besonders viel sah. In der Augenklinik kommen nicht die Ärzte zur Visite, sondern die Patienten besuchen die Ärzte. Die entscheidende Frage war, ob die Sprechstunde am Ende des linken oder am Ende des rechten Ganges stattfinden würde. Es konnte passieren, dass ich mit vier oder fünf Patienten eine halbe Stunde vor einer Tür saß, die sich nie öffnete. Bis dann Schwester Renate auftauchte und vorwurfsvoll fragte, ob wir denn nicht gesehen hätten, dass die Sprechstunde auf der anderen Seite abgehalten würde. Ich fühlte mich nicht besonders wohl, mein rechtes Auge war, wie ein Billigfeuerzeug, mit Flüssiggas gefüllt, das sich im Laufe von Wochen verflüchtigen sollte, so war es mir prophezeit worden. Ich hatte einen gasigen Blick und musste den größten Teil meiner Zeit im Liegen absolvieren. Nur zu den Mahlzeiten stand ich auf und sah mit Erstaunen eine Frühstückszutat mit der Aufschrift »Honig aus Nicht-EU Ländern«. Warum bekamen wir hier in der Augenklinik keinen Honig aus EU-Ländern oder gar aus der Region? Honig aus »Nicht-EU-Ländern« klang verdächtig. Hergestellt ohne die Mitarbeit von Bienen, von Kindern aus Essensresten zusammengekratzt?

Misstrauisch machte mich auch, dass Herr Dengler, der inzwischen das Zimmer mit mir teilte und Privatpatient war, zum Frühstück Obst bekam und ich dagegen ein Ei. Was war mit dem Ei nicht in Ordnung? Ich konnte die Zahl auf dem Herkunftsstempel mit dem frisch operierten Auge nicht genau erkennen, sie sah fast wie eine 6 aus, also Käfighaltung Guantanamo. War bei der Operation doch irgendetwas schief gegangen? War ich plötzlich in der Lage, hinter die Dinge zu blicken, hatte ich eine Art zweites Gesicht? Bei der nächsten Visite fragte ich meinen Operateur. Er sah mich teilnahmslos an und sagte: »Keine Sorge, Sie haben nur einen Knick in der Optik.« Da wären mir beinahe wieder die Tränen gekommen.

## Deutschland von oben

Man weiß gar nichts über Deutschland, wenn man es nicht von oben gesehen hat. Am besten nicht von zu weit oben, sondern aus einer Höhe von 32,5 bis 2969 Metern. Von dort habe ich Deutschland sechszehn Mal betrachtet, ich sah bis nach Österreich, Schweiz, Frankreich, Tschechien, Belgien und in die Schweiz. Am besten war die Aussicht vom Bungsberg in Schleswig-Holstein, ich sah sogar bis zum Mond. Der höchste Berg eines Bundeslandes ist ein föderales Zufallsprodukt. Irgendeine Erhebung ist zwangsläufig höher als alle anderen, es muss nicht unbedingt die schönste sein, es muss noch nicht einmal die aussichtsreichste sein. Steht man auf dem Großen Müggelberg, sieht man gar nichts. Doch auf dem benachbarten Kleinen Müggelberg erhebt sich ein Aussichtsturm und von dort hat man einen großartigen Rundumblick.

Das Land hat erstaunlich viele unansehnliche Ecken und Winkel. Man kommt auf dem Weg zu den oft entlegenen Gipfeln an Orten vorbei, an denen immer schlechtes Wetter zu herrschen scheint, selbst wenn die Sonne scheint. Grundsätzlich sollte man alle Bundesländer außer Bayern und Baden-Württemberg von Oktober bis April meiden. Im sächsischen Oberwiesenthal erklärte mir eine seriös wirkende Dame, umringt von hunderten hölzernen Engeln, es gäbe bei ihnen meistens gar keinen Frühling und keinen Herbst. Das war mitten im Mai und der Fichtelberg war in einen harten Schneepanzer gehüllt.

Das Saarland sieht, kurz vor dem Einstieg zum Dollberg, aus wie die DDR in alten Polizeiruf-Folgen. Die Farbe ist ausgeblichen. Die Häuser machen einen heruntergekommenen Eindruck, oft stehen mehrere Autowracks im Garten. Wie so oft fragt man sich: Von was leben die Menschen hier eigentlich? Reicht es, wenn sie einmal im Jahr ihr Haus als Kulisse für eine Netflix-Produktion über einen Serienkiller in der Provinz vermieten? Oder leben sie von Wilderei, Holzfrevel und Schwarzbrennen? Es ist ein Deutschland von berückender Hässlichkeit mit schmiedeeisernen Verbrechen an jedem Hauseingang. Mit schier endlosen Gewerbegebieten und Stadtvierteln, in denen die Burgerbraterei das Kulturzentrum ersetzt.

Man weiß überhaupt nichts von diesem Land. Außerhalb größerer Städte ist der Osten noch immer der alte Osten, man hat das Gefühl, es ist alles nur Fassade, unter der dünnen Asphaltschicht der frisch geteerten Dorfstraßen liegt die DDR. Die Plakate der AfD hängen so tief, wie sie im Westen niemals hängen könnten. Es gibt erstaunlich viele Straßen, auf denen einem nie ein Auto entgegenkommt, wo plötzlich ein militärisches Sperrgebiet auftaucht und man sich fragt, was gibt es hier zu sperren, welche Netflix-Serie könnte hier spielen? Es kann sehr einsam sein in diesem eigentlich sehr dicht besiedelten Land. Es gibt aber auch stark frequentierte Stellen, an denen man sich seinen Platz erkämpfen muss. Das Gipfelplateau der Zugspitze, der Feldberg im Schwarzwald und auch der Brocken müssten häufig wegen Überfüllung geschlossen werden.

Je näher man einem Gipfel kommt, umso fleischlastiger werden die Speisekarten, die es in dieser Form auch schon vor 50 Jahren hätte geben können. Nur der Blumenkohl wurde durch Brokkoli ersetzt. Hier kennt man den Smoothie nicht und schnippelt auch keine armdicken Ingwerstücke in heißes Wasser. Kräutertee ist hier immer

Kamillentee. Andererseits versucht man den Wald zu animieren. Einfach nur Wald geht nicht. Ein skrupelloser Schnitzmeister hat immer irgendwo Eulen und Meerkatzen aus Baumstümpfen herausgemeißelt. Zwangsläufig wird man von Land-Art bedrängt und Erlebnispfaden sonder Zahl. Der Wald ist nicht genug, es muss ein Keltenpfad her oder eine Traumschleife.

# Hoya

Da, wo schon nicht mehr Hannover ist, aber auch noch nicht Bremen, da liegt Hoya.

## Auf der Jagd nach der Eierschecke

**Leicht planlose Reise durch ein ehemaliges Weltkulturerbe**

*Es war schon ganz finster, als wir von den Elbhöhen herabfuhren und im Mondschein die Türme von Dresden erblickten. Gerade jener vorteilhafte Schleier lag über der Stadt, der uns mehr erwarten lässt, als versteckt ist.*
(H. v. Kleist, 1800)

Kein besserer Ort für den Einstieg nach Dresden lässt sich finden als der Hauptbahnhof. Aus dem historistischen Bahnhofsgebäude tritt man hinaus in eine bedrohliche, lebensfeindliche Ansammlung von Ladenketten, Discountern und Kaufhäusern, deren geballte diabolische Geistlosigkeit den Besucher geradezu zurückprallen und ihn sich fragen lässt, ob er nicht besser in Dresden Neustadt ausgestiegen wäre. Dort, das sei verraten, ist es wenig besser bestellt, immerhin bietet aber direkt vor dem Bahnhofsgebäude ein Händler ganzjährig Spreewaldgurken feil.

Aber wir sind ja im Hauptbahnhof ausgestiegen und müssen uns nun ohne Spreewaldgurken durch diese architektonische Gemeinheit, in der DDR-Erbe und ungebremster Konsumtempelkapitalismus auf das verhängnisvollste verschmolzen sind, hindurchkämpfen. Verlässt man den Bahnhof durch den Ausgang »Bayrische Straße« wird der Schrecken schon bald gemildert. Man lenkt seine Schritte Richtung Winckelmannstraße und steht zwei Minuten später vor dem Hotel Kipping, einer so gut wie unversehrten Gründerzeitvilla, wo man nicht nur das Gepäck abgeben und kurz den Angstschweiß von der Stirn wischen, sondern auch ein Fahrrad leihen kann. Das Hotel befindet sich im einzigen Gebäude, dass in dieser Gegend den 2. Weltkrieg unbeschadet überstanden hat. Es wirkt wie ein älterer Herr in einem leicht altertümlichen Maßanzug, inmitten von zweifelhaften Typen in kreischend bunter Trainingskleidung. Hat man den Hauptbahnhof erst einmal, ob nun zu Fuß oder per Fahrrad, hinter sich gelassen, wird mit jedem Meter alles erträglicher und man begreift, dass Schönheit umso besser zur Geltung kommt, wenn sie von einer ordentlichen Portion Hässlichkeit umgeben ist. In wenigen Minuten befindet sich der Reisende nun inmitten der staunenswerten, teilweise kaum noch fassbaren Welt der Dresdner Altstadt, wo ihn Brücken, Monumente und Museen erwarten, bei deren Besichtigung er Verwünschungen ausstoßen wird, weil er tatsächlich geglaubt hatte, Dresden in zwei Tagen abarbeiten zu können.

Man muss hier grundsätzlich etwas mehr Zeit einplanen, weil Dresden auch die Stadt mit den, gefühlt, längsten Ampelphasen Deutschland ist. Man will anscheinend Besuchern wie Einheimischen Gelegenheit zum Innehalten bieten, einen nicht zu knappen Beitrag zur allgemeinen Entschleunigung leisten. Es empfiehlt sich daher, immer ein Buch mitzuführen, dem man sich während einer Ampelphase intensiv widmen kann. Falls der Reisende gerade keins zur Hand hat, sei der Besuch des »Dresdner Antiquariats« empfohlen, keine 50 Meter von der Frauenkirche entfernt. Dieses Fachgeschäft erstreckt sich über zwei Etagen und sprengt eigentlich jede Vorstellungskraft, es ist so etwas wie die Mutter aller Antiquariate. Noch nie bin ich dort mit weniger als drei Büchern rausgegangen und das, obwohl ich mir geschworen hatte, dem Staub im heimischen Wohnzimmer keine weiteren Angriffsflächen mehr anzubieten. Allein für diesen Tempel des Buches muss man einen Nachmittag einplanen, zumal ja auch die Frauenkirche direkt um die Ecke steht. Dieses symbolträchtige Gebäude war seit Februar 1945 das größte 3-D-Puzzle der Welt, das erst 2005 wieder vollständig zusammengesetzt werden konnte. Kritiker empfanden das Ergebnis als historisierenden Neubau, dabei urteilte Ernst Scherzlieb schon 1830 über die Frauenkirche: »… ich finde sie weder antik noch modern, und im Mailändischen sieht man solche Kirchen in vielen Dörfern.« Wer nur wenig Zeit hat, sollte das Antiquariat vorziehen, denn bestimmte Bücher könnten ja beim nächsten Besuch weg sein, der Retrosakralbau bleibt wohl erst mal wieder ein paar Jahre stehen.

Es wird nach den Strapazen des Einstiegs höchste Zeit, sich mit einer kräftigen Speise aus heimischer Produktion zu stärken und hier bietet sich idealerweise die Dresdner Eierschecke an. Es gibt sie überall, wo Eierschecken verkauft werden, tatsächlich benötigt man aber mindestens eine Woche, um den vortrefflichsten Eierscheckenhersteller herauszuschmecken. Eine endgültige Wertung würde ich mir nicht anmaßen, aber zumindest mein Testverfahren zur Nachahmung anbieten. Die erste Schecke kaufte ich im Dresdner Backhaus an der Huttenstraße, die nächste im Café Toskana, links vorm Blauen Wunder, die dritte in der Bäckerei Walther in Löschwitz und degustiert habe ich dann im Eiscafé Venezia, wo ich mir natürlich auch eine Eierschecke bestellt hatte. Vom Venezia hat man einen hervorragenden Blick auf die Altstadt, man kann aber auch die geschmackssichere Einrichtung im

Stile des späten Eisdielenbarocks bewundern. Das sächsische Agrarmarketing beschreibt die Dresdner Eierschecke ungerührt als einen »Blechkuchen aus Hefeteig, belegt mit einer sehr reichhaltigen Masse aus Eiern, Butter und Sahnequark«, was den Sachverhalt nur recht ungefähr trifft, in meinen Testschecken waren jedenfalls noch sehr viele andere Bestandteile. Die Backhaus-Schecke hatte einen überraschenden marzipanartigen Abgang, die Walther-Schecke schien mir am stimmigsten komponiert, mit angenehm reduzierter Süße, während die Toskana-Schecke in Tortenform angeboten wird und auch am tortigsten schmeckte, mit einer überzeugenden fruchtigen Note. Die Venezia-Schecke selber war gut gekühlt und beugte gekonnt einer natürlich kaum noch möglichen Unterzuckerung vor. Vier Eierschecken decken übrigens ziemlich genau den Eierscheckentagesbedarf eines Erwachsenen.

Derartig erfrischt kann sich der Reisende nun weiteren Wundern zuwenden, von denen es hier nicht gerade wenige gibt. »Dresden begeistert als Gesamtkunstwerk: Faszinierende Bauwerke und Kunstschätze, eine beeindruckende Museenlandschaft und Klangkörper, die Weltruhm genießen«, jubelt die Tourismus-Zentrale und das ist die reine Wahrheit, darüber müssen wir nun wirklich kein weiteres Wort verlieren. Dresden ist aber auch die Stadt mit den meisten und ungewöhnlichsten Kleinstkurzstreckenfortbewegungsmitteln. Die Rede ist von der Schwebebahn, der Standseilbahn und der Parkeisenbahn. Richtig weit kommt man mit allen dreien nicht, der Weg ist natürlich das Ziel. Die Schwebebahn legt eine 274m lange Strecke den Elbhang hinauf in drei Minuten zurück. An der einzigen und damit auch Endhaltestelle in Oberloschwitz steht ein Aussichtsturm, von dem man heruntergucken kann. Der Blick ist natürlich spektakulär, sonst hätten die Dresdner hier auch keinen Aussichtsturm hingebaut, die überlegen sich so etwas gut.

Mein tollkühner Plan war nun, mich von der Schwebebahn zur Standseilbahn durchzuschlagen, was laut Stadtplan möglich schien. Ich musste eigentlich nur die Sierksstraße hoch, dann die Ulrichstraße rechts zum Stufenweg, dann die Grundstraße überqueren, um auf der anderen Seite über die Sonnenleite und Oskar-Pietsch-Straße zum Rißweg in die Bergbahnstraße und dann zum Standseilbahnhof zu gelangen.

Jedem, der sich für Villen, Herrenhäuser und kleine Paläste auf riesenhaften Grundstücken, umgeben von uralter, üppigster Vegetation und pittoresken Zäunen in den unterschiedlichsten Verfallsstadien, interessiert, sei diese Expedition dringend anempfohlen. Es erhöht den Reiz, wenn man einen Faltplan benutzt, mit dem man, ohne es eigentlich zu wollen, eine Eierschecke eingewickelt hat. Man lernt unterwegs die Einheimischen kennen, eine ältere Dame reichte mir Wasser, ihr Mann schaute mich kopfschüttelnd an und wollte wissen, ob ich »kee nahwieh« hätte. Ich bezweifele aber, dass die Gegend satellitentechnisch überhaupt erfasst ist. In diesem Viertel spielt Uwe Tellkamps Roman »Der Turm«, erstaunlich viele ältere Damen, denen die Literaturbegeisterung aus allen Öffnungen der Funktionskleidung quillt, bevölkern die Straßen. Vor der Bäckerei Walther begegne ich einem Mann, der drei verblüfften Romantouristinnen erklärt, Brötchen müssten »fest und elastisch wie Mädchenbrüste« sein. Mir rät er allerdings zum »Exquisit Stollen«, der sei zwar teurer, aber »dreifach gebuttert«. Weil es den Anfang September aber nur in einer 1,7 Kilo-Version gibt, greife ich zum Milchzopf und natürlich zur Eierschecke. Die 547 Meter weite Fahrt mit der Standseilbahn hinunter zum Körnerplatz dauert fünf Minuten und ausgerechnet in dieser kurzen Zeit kommt uns eine Bahn von unten entgegen. Der Fahrer riskiert ein gewagtes Ausweichmanöver, aber zum Glück verläuft an dieser Stelle die Strecke zweispurig, dank einer segensreichen Vorrichtung namens Abt'sche Weiche.

Ich hole mein Fahrrad von der Schwebebahnstation und nun geht es am Ufer zurück in die Altstadt. Nach etwa einem Kilometer über tückisch versetztem Kopfsteinpflaster, das aus Schillers und Körners Zeiten stammen könnte, stehe ich vor dem größten Schandbauwerk, das diese Stadt hervorgebracht hat: der Waldschlößchenbrücke. Wegen dieser wahnsinnigen Konstruktion hat Dresden den Titel Weltkulturerbe verloren. Rein äußerlich macht die Brücke einen unauffälligen und hauptsächlich zuverlässigen Eindruck. Sie reicht tatsächlich von einem Ufer zum anderen und darunter hat man genügend Platz gelassen, damit die Elbraddampfer durchpassen. Die Verschlagenheit dieser Weltkulturerbschleicherbrücke ist so groß, dass man sie gar nicht bemerkt.

Die Brücke ist 636 Meter lang, mit der Schwebebahn könnte man sie nicht überqueren, mit dem Fahrrad klappt es aber tadellos, da ist den Architekten zweifellos etwas Großartiges gelungen, denn an dieser Stelle konnte man die Elbe bislang nicht mit dem Fahrrad überqueren. Auf der linkselbischen Seite fährt man immer Richtung Süden bis man den »Großen Garten« erreicht, der wohl einzig zu dem Zweck angelegt wurde, um der Miniatureisenbahn genügend Raum zu geben. Zu DDR-Zeiten wurde sie als »Pioniereisenbahn« von Kindern und Jugendlichen betrieben, die sich als Weichensteller, Signalgeber, Schrankenwärter und Schaffner betätigen konnten. Heute steuern ehemalige Kinder die Parkeisenbahn. Ein großartiges Fahrgefühl, es ist ungefähr so, als würde man in der eigenen Modelleisenbahn mitreisen. Man rast mit 20 Stundenkilometern zum Preis von einem Euro von der »Gläsernen Manufaktur« bis zum »Bahnhof Zoo«, wo man direkt am Hinterausgang des Dresdner Tierparks aussteigen kann.

Ich bin ein großer Freund dieser Anlage, seit ich dort mal eine muntere Gruppe von Zieseln beobachten konnte. Als ich mich kürzlich nach dem Verbleib der Tiere erkundigte, hieß es wolkig, sie seien »mit den Erdmännchen zusammengelegt« worden, was mir gewagt vorkam. Der gesellig lebende Ziesel aus der Familie der Erdhörnchen ist zwar so etwas wie das Erdmännchen für Arme, legt aber bestimmt keinen Wert darauf, bei seinen beliebteren Vettern zur Untermiete zu wohnen. Nach einigem Suchen fand ich das Zieselgehege in einem abgelegenen Teil des Zoos, aber Ziesel gab es keine mehr. »Ersatzlos gestrichen?«, fragte ich eine Tierpflegerin, die mir zur Antwort gab: »Bässer gesachdd, de hamm de GrääҺnn gehould.«

Ich habe an Dresden so gut wie nichts auszusetzen und würde mich sogar schützend vor die Waldschlösschenbrücke stellen, aber diese Zieselfeindlichkeit kann ich nicht gutheißen. Den ganzen Zoo durchweht übrigens ein erfrischender Geist marktwirtschaftlicher Auslese, hier gibt es keine unansehnlichen oder langweiligen Tiere. In einem Verschlag dämmert noch eine schlechtgelaunte Sperbereule vor sich hin. Ihr ist aber längst klar, dass sie als nächstes von den Krähen geholt werden soll. Sie halten in Dresden auch nicht einfach einen Nandu, sondern den selteneren und symbolträchtigeren »Darwin-Nandu«. Eine Tafel vor dem Humboldt-Pinguin-Becken informiert über die Geschichte des Zoos. Dort steht der bemerkenswerteste Satz, den ich auf meiner Forschungsreise gelesen habe: »Die Machtergreifung der Nationalsozialisten und damit in Verbindung stehende Großdemonstrationen führten im Zoo zu sinkenden Besucherzahlen.« Der Nationalsozialismus war also in erster Linie ein zoologisches Phänomen, vielleicht hätte der Tierpark damals ein Nazipärchen zeigen sollen oder wenigstens ein paar Braunbären. Weiter erfährt man: »Die Bombardierung Dresdens konnten nur 1 Rippenmolch, 1 Tigeraxolotl, 1 mexikanisches Axolotl, 1 Schnappschildkröte, einige Rhesusaffen, 1 asiatisches Stachelschwein, 2 Kamele und 1 Zwergpferd überleben.« Aus diesen leicht bizarren Resten hat sich der Zoo bis heute dann doch einen beeindruckenden Bestand zusammengezüchtet, das Stachelschwein scheint sogar immer noch zu leben. Leider kann man mit der Parkeisenbahn noch nicht zum Hauptbahnhof zurückfahren, hier müsste Dresden unbedingt investieren und bei der Gelegenheit auch neue Ziesel anschaffen. Und man sollte die Dresdner Eierschecke endlich als Weltkulturerbe anerkennen, aber natürlich nur, wenn keine Brücke darüber gebaut wird. Sonst gibt es an der Stadt eigentlich kaum noch etwas zu verbessern.

## Märchenhafte Reisen

Es mutet fantastisch an, in einer Stadt, die es nicht gibt, einen Zug zu besteigen, um in den Geburtsort eines Mannes zu reisen, der sich auf Kanonenkugeln fortbewegte. Obwohl Bielefeld keine Anbindung an die Deutsche Märchenstraße besitzt, ist sie vielleicht die märchenhafteste aller Städte. Nach einer noch relativ neuen Überlieferung existiert der Ort überhaupt nicht und das sehen auch die Behörden so, sie feiern »800 Jahre Bielefeld« unter dem Motto, »das gibt's doch gar nicht«. Erstaunlicherweise ist es aber möglich, in dieser nicht vorhandenen Stadt mit dem Regionalexpress nach Löhne zu fahren, ein Gemeinwesen, dessen märchenhafter Gleisreichtum an längst versunkene Zeiten als majestätischer Bahnknotenpunkt erinnert, das aber über einen »Park der magischen Wasser« verfügt.

Von Löhne geht es mit der NordWestBahn weiter nach Hameln, einer amtlich genehmigten Märchenstraßenanliegerstadt. Wir haben allerdings keine Zeit für den Rattenfänger, wir müssen den 520er Bus nach Holzminden erwischen, der uns am Kraftwerk Grohnde vorbei, durch Ohr, Kirchohsen und Hecheln nach Bodenwerder bringt. Hier wurde 1725 Hieronymus Freiherr von Münchhausen geboren. Die Anrede Baron gebrauchte man nur im mündlichen Verkehr, »das macht unsere Lokalzeitung immer wieder falsch«, bemängelt Herr Koch, der im Münchhausen-Museum für das Erklären zuständig ist. »Das Museum ist immer geradeaus, hinterm Edeka« hatten mir zwei Einheimische kurz zuvor den Weg gewiesen und vielsagend hinzugefügt: »Lassen Se sich da mal ordentlich belügen«. Von all den märchenhaften Gestalten, die die Deutsche Märchenstraße bevölkern, ist Münchhausen jedenfalls die einzige historisch verbürgte.

Im Museum kann man seinen Taufschein besichtigen und jede Menge anderer Urkunden und Dokumente, die seine Existenz belegen. Es besteht auch kein Zweifel daran, dass er der Urheber vieler großartiger Lügengeschichten war. Man könnte jetzt erwarten, dass einem die unwahrscheinlichsten Ausstellungstücke und Behauptungen präsentiert werden. Mehrere Totenschädel beispielsweise, von Münchhausen als Kind, als Jugendlichem und als altem Mann. Aber Herr Koch legt Wert darauf, dass hier alles streng wissenschaftlich abgesichert ist. Also keine Original-Kanonenkugel und auch kein ausgestopftes halbes Pferd. Das ist irgendwie bedauerlich, aber gerade wenn man es mit einem passionierten Lügner oder sagen wir lieber Flunkerer zu tun hat, empfiehlt es sich wohl, strikt bei der Wahrheit zu bleiben.

Münchhausen begann seine berufliche Laufbahn als Page von Herzog Karl I. von Braunschweig Wolfenbüttel. Der schickt ihn nach Russland, wo er es bis zum Kaiserlich Russischen Rittmeister bringt und wohl auch an zwei russisch-türkischen Kriegen teilnimmt, bis er, dreißigjährig, nach Bodenwerder zurückkehrt und sich dort mit großem Eifer der Jagd widmet. Er ließ einen kleinen Pavillon bauen, in dem seine Jagdgäste zusammensaßen und sich Geschichten erzählten. Hängt man sich im Museum sehr weit aus dem Fenster kann man das Gebäude sehen. Freiherr Münchhausen hatte das Jägerlatein mit dem Großen Latinum abgeschlossen, mit dem sehr großen sogar, der Ruhm seines Erzähltalents verbreitete sich rasch und ohne sein Wissen wurden die Geschichten in Büchern veröffentlicht.

Zunächst brachte 1785 Rudolf Erich Raspe in England »Baron Münchhausens Narrative of his Marvellous Travels and Campaigns in Russia« heraus, ein Jahr später folgte »Wunderbare Reisen des Freiherrn von Münchhausen« von Gottfried August Bürger, der Münchhausens außerordentliche Schwadronierkunst im Hotel »Zur Krone« in Göttingen live miterlebt haben könnte. Beide Autoren erfanden etliche Geschichten hinzu, Raspe bediente das englische Publikum mit Seefahrergarn und Bürger ließ seinen Münchhausen die haarsträubendsten Abenteuer in Afrika, im Orient und auf dem Mond erleben, wo sich der Freiherr höchstwahrscheinlich niemals aufgehalten hatte. Münchhausen war wenig begeistert von seinem Ruhm, er soll »mit unbeschreiblicher Wut ob dieser Dreistigkeit« reagiert haben und trachtete sogar danach, die Urheber der Werke zu verklagen. Doch die Bücher waren anonym erschienen, weder Raspe noch Bürger gaben sich als Autoren zu erkennen und so wurde Münchhausen gegen seinen Willen zu einer zweifelhaften lebenden Legende. Er musste scharfe Angriffe von Standesgenossen ertragen, die Angelegenheit war ein Riesenskandal und als sich der Spottname »Lügenbaron« einbürgerte, zog sich Münchhausen verbittert auf sein Gut in Bodenwerder zurück.

Er muss ein wirklich erstaunlicher Erzähler gewesen sein. Pastor Cludius, der häufig zu seinen Gästen gehörte, erinnert sich, er habe seine Geschichten »cavalierement, mit militärischem Nachdruck, aber mit der leichten Laune eines Weltmanns zum besten gegeben als Sachen, die sich schon von selber verstehen«. Häufig wollte er auch nur arrogante Aufschneider in die Schranken weisen. So prahlten bei einem Festessen in Hannover junge Adlige mit ihrem Glück bei den Damen während einer Schlittenfahrt. Münchhausen warf beiläufig ein, das sei doch gar nichts und berichtete dann von einer Hofschlittenfahrt in Petersburg auf Einladung der Kaiserin. Er beschrieb den riesigen Hofschlitten mit Ballsaal und Audienzzimmer darauf und wie die Hofjunker ihre Damen auf der frisch beschneiten Schlittenplattform mit Handschlitten spazieren gefahren hätten. Diese Episode ist in der Geschlechtshistorie von 1872 verzeichnet, die außerdem berichtet, der Freiherr habe die Lacher auf seiner Seite gehabt, aber er aß so unbekümmert weiter, als habe er mit alledem nichts zu tun. Doch das war, bevor er als Lügenbaron in die Geschichte einging.

Münchhausen starb 1797 kinderlos, verarmt und einsam. Wenige Tage vor seinem Tod entdeckte seine Pflegerin, dass ihm zwei Zehen fehlten. »Ach, was ist denn das?« rief sie erschrocken und der Freiherr erwiderte lächelnd: »Die hat mir ein Eisbär abgebissen auf der Jagd!« Sollte diese Geschichte nicht stimmen, dann ist sie zumindest gut und einfühlsam ausgedacht.

Münchhausens Ruhm hält bis heute an, Übersetzungen in 44 Sprachen sind im Museum ausgestellt und immer wieder erlebt Münchhausen vollkommen neue Abenteuer, selbstverständlich auch erotische, denn nirgendwo wird ja so viel gelogen wie auf diesem Gebiet. Für die Verfilmung mit Hans Albers schrieb Erich Kästner unter Pseudonym das Drehbuch, was schon fast zu beziehungsreich anmutet. Ein Exemplar des Drehbuchs ist im Museum zu besichtigen, das, wenig verwunderlich, über den weltweit größten Bestand an Münchhausen-Buchausgaben und Originalillustrationen verfügt.

Auch eine psychische Krankheit trägt den Namen des Freiherrn. Am »Münchhausen-Syndrom« leidet, wer Krankheiten nicht nur erfindet, sondern auch andere von deren Vorhandensein überzeugt. Natürlich gibt es inzwischen auch ein Münchhausen Musical, das regelmäßig in Bodenwerder zur Aufführung gelangt und nach Augenzeugenberichten »sehr professionell« sein soll. Auch das hat Tradition: tatsächlich existierte schon 1785 eine »Bearbeitung für die Singspielbühne«. Die Stadt verleiht seit 1997 den »Münchhausen-Preis«, mit dem aber nicht besonders verlogene Politiker oder die Lügenpresse geehrt wurden und werden, sondern Persönlichkeiten wie Dieter Hildebrandt oder Frank Elstner.

Das Museum wird von sechs ehrenamtlichen Mitarbeitern geführt, die sich der verlogenen Materie verschrieben haben. 20.000 Besucher kommen pro Jahr, die meisten mit dem Fahrrad. Bodenwerder ist eine übersichtliche Stadt, mit weniger als 6000 Einwohnern, deren Ursprung bis ins Jahr 1287 datiert. Vom Museum läuft man in zwei Minuten bis zur Weser oder zur Münchhausen Grotte. Oder zurück zum Edeka-Markt. Die Stadt hat ihrem berühmten Sohn diverse Denkmäler gesetzt, das halbe Pferd, aus dem das Wasser hinten herausläuft, eignet sich natürlich vorzüglich als Brunneninstallation, neben dem Museum zieht sich ein bronzener Freiherr samt Pferd am eigenen Schopf aus dem Sumpf und eine Tafel erklärt uns, das sei »Ein Sinnbild für Selbsthilfe«.

Doch das bedeutendste Denkmal ist zweifellos die »Bodenwerder Sommerrodelbahn«, auf der man den Ritt auf der Kanonenkugel so naturgetreu wie möglich aber TÜV-geprüft und gesichert nacherleben kann. Tatsächlich könnte das eine Idee von Münchhausen sein, denn im Sommer rodeln, das ist doch eigentlich völliger Blödsinn. Das Geburtshaus des fabulierfreudigen Adligen dient heute als Rathaus und die Touristeninformation Bodenwerder-Polle behauptet, »durch die verwinkelten Altstadtgassen weht an manchen Tage noch heute der Geist des Freiherrn von Münchhausen. Unverhofft begegnet er vielleicht gerade Ihnen beim Spaziergang durch die Fußgängerzone«. Tatsächlich macht diese Einkaufszone mitunter einen geisterhaften Eindruck. Viele Geschäfte stehen leer und in manchen ist nicht drin, was draufsteht. Das Sanitätsfachgeschäft dient als Gerümpellager und Zugang zu einer Ferienwohnung, das »Blumeneck« ist eine Art Galerie und in der Fleischerei Unger ist nur ein großer Teppich ausgestellt. Die »Münchhausen-Stube« steht zum Verkauf, die »Bowling Lagune« ist zu verpachten, dort kann man die Kugeln leider nicht mehr zum Andenken des Freiherrn rollen lassen. Ein Schild in einem Schaufenster verspricht völlig unrealistisch »bis zu 2,96% Rendite«. Hier weht anscheinend wirklich der Geist Münchhausens. Man ist aber vielleicht auch zu schnell geneigt, alles in diesem Ort in Zweifel zu ziehen und für eine Ausgeburt überbordender Fantasie zu halten.

Bodenwerder hat mal als Insel in der Weser angefangen, doch um den regelmäßigen Überschwemmungen vorzubeugen hat man 1930 einen Weserarm zugeschüttet. Früher gab es mehrere Werften, und von hier eroberte Rigips die Baustellen der Welt. Das steht durchaus in der Tradition Münchhausens, eine Rigipswand ist ja so etwas wie die Vortäuschung einer echten Wand, also eine Wandlüge. Den größten Umsatz für die Stadt bringen inzwischen die bereits erwähnten Fahrradtouristen, die in der warmen Jahreszeit unablässig auf dem Weserradweg unterwegs sind und keine Sehenswürdigkeit auslassen. Das Weserbergland um Bodenwerder ist eine etwas abgelegene Gegend, da kommt man nicht mal eben so vorbei, da muss man hin- und auch wieder wegwollen. Der 520er Bus braucht von Hameln nach Holzminden knapp 90

Minuten, es geht auf der B83 an der Weser entlang, häufig verlässt der Bus die Bundesstraße um lärmende Schulkinder in kleinen, aufgeräumten Dörfern wie Lichtensruh oder Pegestorf abzusetzen und so braucht er für die 15 Kilometer lange Strecke zwischen Bodenwerder und Polle fast eine halbe Stunde. Man fährt durch die Rühler Schweiz Richtung Ottensteiner Hochebene und erlebt vielleicht den schönsten Streckenabschnitt der Oberweser, die sich hier mit zahlreichen Windungen durch die Tallandschaft schlängelt. Leider hatte die Weserflotte gerade ihren Betrieb eingestellt.

Polle ist heutzutage ein Ortsteil der Samtgemeinde Bodenwerder und darf sich Aschenputtelstadt nennen. Historisch ist das keineswegs überliefert und schon gar nicht durch Urkunden belegt, wie im Fall von Münchhausen. Doch es liegt dem ganzen ein durchaus märchenhafter Vorgang zu Grunde. Polle hatte tatsächlich einen Wunsch frei und durfte sich für eins von vier Märchen entscheiden. Zur Wahl standen »König Drosselbart«, »Rapunzel«, der »Fischer und seine Frau« und eben »Aschenputtel«. Wenn man den recht eindrucksvollen, dicken, runden Burgturm betrachtet, fragt man sich, warum die Wahl nicht auf Rapunzel fiel, denn einen geeigneteren Ort, sein Haar herunterzulassen, gibt es nicht. Jedenfalls nicht in Polle. In der Adventszeit wird der Turm mit einer prächtigen roten Plane eingekleidet und dann verwandelt sich der Aschenputtelburgturm in die »größte Adventskerze Norddeutschlands«. Die größte Adventskerze Süddeutschlands befindet sich übrigens in Biberach, während die größte Adventskerze Deutschlands und der Welt im hessischen Schlitz brennt. Doch das nur nebenbei.

Die Poller Burgruine liegt oberhalb der eindrucksvollen Weserschleife, man kann hier den Fluss nur mit einer so genannten Gierseilfähre überqueren, die sich die Kräfte der recht lebhaften Strömung zunutze macht. Die nächsten Brücken sind in beiden Richtungen zehn Kilometer weit weg. Gern wird die Ruine als Kulisse für Fernsehproduktionen genutzt. Eine Szene aus »Der große Bellheim« spielt hier und in einer Fensternische saß vor einiger Zeit ein blonder Barde und bewegte die Lippen. Deshalb trägt der Platz jetzt den Namen Heinofenster. Natürlich hat auch Heino nicht sein Haar heruntergelassen, denn das hätte man in Polle möglicherweise als Affront aufgefasst. Im »Haus des Gastes«, unterhalb der Burg hat man ein »Aschenputtelzimmer »eingerichtet, wo der Besucher mit einigen Zutaten der Geschichte vertraut gemacht wird. Da sitzt dann eine Aschenputtelpuppe am Herdfeuer und zwei weiße Tauben helfen ihr beim Linsensortieren. Auf dem im Mai dieses Jahres eingeweihten Aschenputtelweg, rings um die Burg, kann man dank großer Schrifttafeln die Geschichte nacharbeiten und stolpert dabei auch über die Bronzenachbildung des berühmten Schuhs. Da es gerade geregnet hat, ist ausnahmsweise kein Blut sondern Wasser drin. Die Laienspielgruppe Polle e.V. bringt jedes Jahr ein »Aschenputtelspiel« auf der Freilichtbühne der Burg zur Aufführung, man veranstaltet aber auch einen märchengerechten Kürbismarkt. Die Kürbiskutsche stammt allerdings nicht von den Brüdern Grimm, sondern geht auf die ältere Fassung von Charles Perrault zurück, die auch Walt Disney verwendete. Bei einem Rundgang durch Polle nimmt man ein wenig enttäuscht zur Kenntnis, dass es hier gar kein Schuhgeschäft gibt, obwohl der Aschenputtelschuh ein großartiger Merchandising-Artikel wäre. Einen Taubenzüchter gibt es anscheinend ebenfalls nicht und in den verlockenden Auslagen der Fleischerei Goldmann findet sich kein gebratenes Geflügel. Der örtliche Supermarkt bietet aber immerhin bereits vorsortierte Linsen.

Ein großer Aufkleber der Bürgerinitiative Weserbogen fordert »Nein zur Ziegenfabrik in Polle«. Hier wehrt man sich anscheinend dagegen, heimlich zur »Tischlein-deck-dich-Stadt« zu werden. Echte Bezüge zu Aschenputtel sind eher spärlich in Polle, wenn man mal vom Unternehmen »Müller Treppenbau« absieht, das mit dem Versprechen »der bessere Weg nach oben« wirbt. Ob es dort auch mit Pech bestrichene Treppenstufen zu kaufen gibt, wie sie der Märchenprinz benutzt hat, um an Aschenputtels Schuh zu kommen, entzieht sich der Kenntnis des Autors.

## Wer unten bleibt muss nicht nach oben

Ich habe eine ziemlich genaue Vorstellung von der Aufteilung Deutschlands und weiß auch, was in Frankreich und Italien oben und unten liegt, aber wie sich Österreich zusammensetzt, davon habe ich nicht die geringste Ahnung, obwohl ich schon ein Dutzendmal dagewesen bin. Wenn ich in meinem hessischen Arbeitszimmer sitze und versuche, mir Österreich vorzustellen, dann scheitere ich. Beruhigend ist immerhin, dass das Bundesland Oberösterreich genau da liegt, wo ich es von meinem Schreibtisch aus vermuten würde, nämlich ganz oben in Österreich. Wobei Niederösterreich allerdings noch ein Stück höher und keineswegs unter Oberösterreich liegt, wo es nach meiner Logik eigentlich hingehören würde. Ein zentraler Bestandteil Oberösterreichs ist der Traunsee und ihn besuchte ich im Sommer 2020, als Corona in diesem Teil des Landes besiegt war. Jedenfalls gehörte die Maske nicht mehr zum Dresscode im Hotel mit Seezugang, in dem ich abgestiegen war. Immerhin lagen ja auch über vier Autostunden zwischen dem nahen Bad Ischl und Ischgl, die nur der unerfahrene Österreichbesucher leicht verwechselt.

Jeden Morgen nach dem Aufstehen fiel mein erster Blick auf den Traunstein, einen 1691 Meter hohen Berg, der sich eindrucksvoll direkt aus dem See zu erheben scheint und geradezu ein Bilderbuchbild von einem Berg ist. Ich war sofort entschlossen, den Berg zu besteigen, was nach Aussagen des Hotelpersonals einerseits kein Problem, andererseits nicht unproblematisch sein sollte.

Das gefährlichste war, wenn ich das richtig verstanden habe, der Aufstieg und der Abstieg. Jedenfalls betrachtete ich den Berg täglich etwas misstrauischer, war aber während des üppigen Frühstücks jederzeit bereit, mich der Challenge zu stellen. Dieser Drang legte sich regelmäßig nach zwei Spiegeleiern, Croissant, Müsli und Kaiserschmarrn.

Der Traunsee ist im Norden von Bergen eingekesselt, auf denen man sich perfekt für die Traunsteintour vorbereiten kann. Direkt auf der anderen Straßenseite meines Hotels begann ich nach einem der üblichen Frühstücke, den Traunkirchener Kalvarienberg zu besteigen. Er ist über viele sehr unterschiedlich gestaltete Treppenstufen zu erreichen, was eine zusätzliche Schikane darstellt, da man keine gleichmäßige Geschwindigkeit entwickeln kann. Dieser Leidensweg Jesu, dessen Stationen unterwegs in kleinen Kapellen recht eindrucksvoll dargestellt sind, ist besonders geeignet, den Wanderer für die Tücken eines Aufstiegs zu sensibilisieren. Der Sohn Gottes musste damals außerdem sein eigenes Gipfelkreuz auf den Berg schleppen. Dieses Schicksal bleibt dem Wanderer des 21. Jahrhunderts erspart, fast auf allen nennenswerten Gipfeln stehen heute bereits Kreuze. Auf dem Traunkirchener Kalvarienberg erheben sich, wettergeschützt in einer ganz ansehnlichen Kapelle, gleich drei. Und daran hängen, erschreckend plastisch dargestellt, drei Männer, über die man sich am Abend in der Hotelbibel genauer informieren kann.

Diese unerwartet drastische Kulisse brachte mir ins Bewusstsein, dass das Erreichen eines Gipfels nicht immer ein Erfolgserlebnis sein muss. Auf dem Weg zur Kapelle passiert man die so genannte Russenvilla, die es zu einer überregionalen Berühmtheit gebracht hat, weil sich in ihrem Garten ein riesiger steinerner Penis gen Himmel reckt. Angeblich 1900 Jahre alt aus hellenistischer Zeit. Der Anblick dieses Kunstwerks verstärkte die Leiden der Pilger, die jedes Jahr an Karfreitag den Berg bestiegen und sich dabei von dem steinernen Ständer blasphemisch belästigt fühlten. Die Stadt versuchte mehrfach, das Kunstwerk vor den Blicken der frommen Wanderer zu verbergen oder auch umgekehrt, scheiterte aber an der Gegenwehr des Besitzers, einem Antiquitätenhändler.

Ich ließ mich durch diese Eindrücke nicht abschrecken und nahm schon am darauf folgenden Tag den nächsten Gipfel ins Visier, den immerhin 872 Meter hohen Baalstein. Der Name spielt auf den alttestamentarischen Gott oder auch Dämon Baal an, der sich hier längere Zeit auf der Flucht vor den Christen aufgehalten haben soll. Dass damit auch diesem Gipfelsturm eine gewisse dämonische Komponente innewohnte, muss ich wohl kaum betonen. In einer Beschreibung des Aufstiegs wurde Trittsicherheit angeraten, eine Fähigkeit, von der ich nicht sicher bin, ob ich sie habe und was sie eigentlich ausmacht. Sollte man in der Lage sein, dem Vordermann in der Seilschaft einen gezielten Tritt zu verpassen, wenn es nicht voran geht oder beschreibt das Wort eher Vorkehrungen, sich vor solchen Tritten zu schützen? Jedenfalls waren einige Höhenmeter auf schattigen Serpentinenpfaden zu überwinden, bis ich vor einer Metallbox stand, in der sich das Gipfelbuch befand, mit diesem selbstbewussten Eintrag: »Hab ’nen fetten Joint geraucht hier oben.« Nachfolgende Wanderer hatten später bedauernd hinzugefügt: »Wir leider nicht (17.02.).« Ich hatte mir nur ein fettes Käsebrot mit Salat mitgenommen, weil am Frühstücksbuffet keine Joints angeboten wurden, war aber auch damit und vor allem mit der grandiosen Aussicht auf den Traunsee sehr zufrieden.

Als dritten Trainingsberg hatte ich mir den Feuerkogel (1592m) bei Gmunden im Höllengebirge ausgesucht, der den Vorteil hatte, dass man den Abstieg mit der Seilbahn abkürzen konnte. Kurz vor Erreichen des Gipfelplateaus stieß ich auf eine kleine Gedenktafel mit der Inschrift: »Zum Gedenken an unseren lieben Hans, der beim Abbau des Gsoll-Sessellifts tödlich verunglückt ist.« Ich nahm das als ein böses Omen und auch als einen deutlichen Fingerzeig höherer Mächte und verzichtete, ohne jegliches Bedauern auf die Besteigung des Traunsteins.

## Warum die deutschen Dinosaurier ausgestorben sind

»Lehrreichste Ausstellung über Dinosaurier« versprechen Plakate, die an allen bedeutenden Laternenpfählen der Stadt hängen. In der Taunushalle im Oberurseler Stadtteil Oberstedten sind etwa 20 Sauriermodelle zum Preis von 7 Euro zu besichtigen, die ein Schaustellerunternehmen aus Süddeutschland hier aufgestellt hat. »Wir haben noch mehr Viecher, aber die hätten nicht mehr reingepaßt. Die Türen sind viel zu klein, es gab ja schon Schwierigkeiten mit dem Ding da«, erklärt ein junger Mann und deutet auf einen Brontosaurus, der bedächtig und bestätigend mit dem Kopf nickt.

In regelmäßigen Abständen wird Trockeneisnebel in den Raum geblasen, den rote und grüne Scheinwerfer, die in den 70er Jahren zur Grundausstattung jedes Diskokellers gehörten, zwielichtig ausleuchten. Zwischen Ceratosaurus und Deinonychus steht eine Hifi-Anlage, von der Dschungelgeräusche und Froschquaken in die Hallendämmerung gesendet werden. Die Dinos lugen mit starren Augen hinter Hunderten von künstlichen Ficus- und Dattelbäumchen hervor. Man könnte fast glauben, es handle sich hier um die Leistungsschau eines Deko-Pflanzengroßhandels, die man noch mit ein paar Sauriern verziert hat. Sind die Saurier möglicherweise ausgestorben, weil sie die künstlichen Pflanzen nicht vertragen haben? Das Iguanodon klappt sein Maul greisenhaft auf und zu, ein auf Hochglanz polierter Flugsaurier schwebt von der Bühnendecke herab, aus dem Carnosaurus quellen ein paar Drähte, am beweglichen Hals ist die Pappmascheekonstruktion etwas brüchig geworden. Viele Tiere stehen auf Podesten, die man mit Tarnnetzen umhüllt hat. Kleine Kinder umkreisen kreischend und in rasendem Tempo Stegosaurus und Triceratops oder werden von ihren Eltern vor dem Brontosaurus fotografiert.

Stellwände beantworten die drängensten Fragen: »Woran erkennt man einen Entenschnabeldinosaurier?« »Wie schnell konnten Dinos laufen«, »Wer waren die größten Fleischfresser« oder »Hatten die Riesendinosaurier Feinde?« Nicht immer haben die hauptsächlich osteuropäischen Hilfskräfte alle Tafeln gefunden oder in der richtigen Reihenfolge aufgestellt, so dass der Forschergeist des Besuchers gefragt ist. Gerade der spannendste Text zum Thema »Warum starben die Dinos plötzlich aus« bricht mitten im Satz ab: »Mehr als hundert Theorien wurden aufgestellt, die meisten davon sind un«. Unaufstellbar? Unüberprüfbar? Unsinnig? Unterirdisch? Wir werden es nie erfahren.

Das ist also die »Welt der Dinos« und ohne dass wir alle Saurierausstellungen gesehen hätten, sind wir schon jetzt überzeugt, die »lehrreichste Ausstellung« vor uns zu haben. Denn was wir sehen, gibt uns zu denken. Es stimmt uns melancholisch, die Papmachee-Abbilder von Wesen zu sehen, die »Millionen Jahre unsere Erde beherrschten«. Unwillkürlich müssen wir an eine Agenturmeldung denken, nach der die Geburtenrate in diesem Land in immer schnellerem Tempo sinkt. Auch der Deutsche könnte also bald Thema einer solchen lehrreichsten Ausstellung sein. Osteuropäische Gehilfen plazieren dann künstliche Zierpappeln vor dem schrecklichen »Hausmeister« oder dem gefürchteten »Lateinlehrer«. Man beobachtet einen Kampf zwischen dem »Schrebergärtner« und dem »Elternbeiratsvorsitzenden«. Ein »Gewerkschaftsfunktionär« nickt bedächtig mit dem Kopf während ihn ein »mittelständischer Unternehmer« fauchend bedrängt. Aus dem »Ombudsmann« quellen Drähte, der »Hartz-IV-Empfänger« sieht aus, als ob er schon zu Lebzeiten ausgestorben wäre. Ergriffen stehen Besucher vor dem prächtig gefärbten »Allergiker«, dem »Reformpolitiker« im Maßanzug und der niedlichen »Kanzlerin«. Hinter künstlichen Palmen fuchtelt der »Kassenarzt« mit einem Rezeptblock und die »Waldorflehrerin« mit der pentatonischen Flöte. Ja, bestimmt hätten sie noch mehr Viecher gehabt, aber die hätten wohl nicht mehr reingepasst. Deshalb sehen die Besucher auch nicht mehr den »Bademeister«, den »Fernsehkoch«, die »Politesse«, die »Nagelstudiobesitzerin« oder die »Reformhausfachverkäuferin«, was wirklich ein Jammer ist. Was wurde aus diesen bizarren Launen der Natur? Was hat den »Büttenredner« dahingerafft und warum kann niemand mehr die Schönheit der »Kirchentagspräsidentin« in freier Wildbahn bewundern? Weil sie alle ausgestorben sind, wir wissen nicht warum, es gibt mehr als hundert Theorien, aber die meisten davon sind un, äh, nun unerheblich.

Als wir die »Welt der Dinos« verlassen versinkt die Sonne der Kultur bereits hinter der Taunushalle. Die ersten Dinoteile werden in Sattelschlepper geladen und die Plakate sind längst mit neuen Ankündigungen überklebt, denn in wenigen Wochen findet die »Große Inthronisation der Oberurseler Brunnenkönigin« statt. Leider nicht die lehrreichste Inthronisation, aber wir gehen lieber hin, bevor Brunnenköniginnen auch noch aussterben.

## Literarische Werksbesichtigungen

*Häufig wird beklagt, den Menschen fehle der rechte Zugang zum Buch, ja, zur Literatur im Allgemeinen. Das mag daran liegen, dass es mitunter schwierig ist, ihn zu entdecken, weil Bücher auch ganz schön sperrig sein können. Glücklicherweise gibt es lobenswerte Initiativen, die es uns ganz leicht machen, den Eingang in die Welt des geschriebenen Wortes zu finden. Weil sie diesen Eingang nämlich gut ausgeschildert haben und Eintrittskarten verkaufen. Aber funktioniert das wirklich? Gibt es so etwas wie bequem begehbare Bücher? Um das herauszufinden macht sich ein Vater mit seiner Tochter auf den Weg, der sie zuerst nach Schweden führt.*

### *Ein schöner, genau richtig großer Park*

Etwa 340 Kilometer nördlich von Malmö, mitten im lieblichen Småland liegt Vimmerby, eine schwedische Kleinstadt, in der sich deutsche Kinder und ihre Eltern für gewöhnlich besser auskennen als in der eigenen Einkaufszone. In Vimmerby und Umgebung spielen die Geschichten von Michel aus Lönneberga, Madita, Lotta aus der Krachmacherstraße und den Kindern aus Bullerbü. Folgerichtig hat man dort auch »Astrid Lindgrens Värld« eröffnet, einen großen literarischen Themenpark, in dem man ausgedehnte Spaziergänge durch Astrid Lindgrens Gesamtwerk machen und dabei so gut wie allen Figuren aus ihren Büchern begegnen kann. Wir sind spät nachts angekommen und haben unser literarisches Basislager auf einem Zeltplatz bezogen, der direkt an einem See liegt. Was man eigentlich nicht zu erwähnen braucht, weil hier fast alle Campingplätze an einem See liegen. Wir sitzen leicht erschöpft, aber auch schon leicht aufgeregt am Wasser, trinken Bier und Apfelsaft und wundern uns, dass wir erst viermal gestochen wurden. Es gibt anscheinend nicht viele Mücken in diesem Jahr oder wir sind nach der langen Reise noch etwas blutleer. Wir reden über unsere Lieblingsbücher und stellen fest, dass wir Madita, die Kinder aus Bullerbü und Ferien auf Saltkrokan am besten finden und natürlich Kalle Blomquist. Immerhin hat die Tochter den gleichen Vornamen wie die Bäckerstochter, die Kalle bei der Verbrechensbekämpfung behilflich war, was aber weniger mit dem Buch als mit der Tatsache zu tun hat, dass sich die Eltern bei der Geburt der Tochter nicht zwischen Eva und Charlotte entscheiden konnten. Einig sind wir uns auch, dass wir Pippi Langstrumpf immer ein wenig anstrengend fanden, als wir uns das gestehen, dämpfen wir unwillkürlich die Stimmen, wer weiß, ob man so etwas in Schweden überhaupt ungestraft sagen darf.

Am nächsten Morgen nehmen wir ein Bad im See und fühlen uns nach drei Marmeladenbrötchen bereit zum Betreten der Bücherwelt. Wir finden unseren Zugang zum Werk Lindgrens durch das Drehkreuz des Haupteingangs, das wir aber nur mit Hilfe eines magischen Strichcodes durchqueren können. Ist dieses Hindernis überwunden, mietet man sich einen kleinen Leiterwagen, packt Kinder und Proviant hinein und widmet sich ganz dem Literaturstudium. Die Tochter weigert sich allerdings, mit sechzehn Jahren noch vom Vater gezogen zu werden, außerdem haben wir den Proviant vergessen. Aber da vorne ist ja bereits der Tisch gedeckt, da sitzen sie gemütlich in Katthult beim Mittagessen und Michel steckt mit dem Kopf in der Suppenschüssel fest. Das kennen wir nur zu gut. Dann zieht er auch noch Klein-Ida an der Fahnenstange hoch und wird im Tischlerschuppen eingesperrt. Viermal am Tag wird die Geschichte aufgeführt und es versammeln sich hunderte von Literaturbegeisterten jeden Alters vor dem Gartenzaun, um sich das anzusehen. Wir schauen uns das sogar zweimal an, weil, tja, weil wir es anscheind nicht glauben können, dass dieser Michel schon wieder den Kopf in die Schüssel stecken wird. Die Tochter ist begeistert, dass der Junge, der den Michel spielt, genauso aussieht, wie sie sich den Michel immer vorgestellt hat.

Links von Katthult kann man die Dächer von Stockholm erkennen und da sitzt Karlsson, der kleine genau richtig dicke Mann mit Propeller auf seinem Dach und geht Lillebror auf die Nerven, schaut man aber zwei Häuser weiter nach rechts, dann sieht man, wie Madita gerade vom Nachbarsjungen erschreckt wird und auf dem Weg zur Räuberburg kommen uns tatsächlich Rasmus und der Landstreicher entgegen, machen es sich unter einem Baum bequem und teilen sich ein Getränk aus einer antiken Feldflasche und ein Butterbrot. Neben ihnen lagert eine literaturbegeisterte Familie im Gras, trinkt ein isotonisches Erfrischungsgetränk aus der Dose und ernährt sich von Überraschungseiern und plastikverschweißten Schokoriegeln. Auch Rasmus und sein Freund sehen genau »wie im Buch« aus.

Aus der Ferne erklingt mächtiger Gesang, das sind die rauhen Gesellen von der Mattisburg aus Ronja Räubertochter, die sehr eindrucksvolle fünfstimmige Kampflieder anstimmen und sich gleich wilde und perfekt choreographierte Kämpfe liefern werden. Wirklich alles sehr gut gemacht, wir sind nur etwas irritiert, dass sich Karlsson, Madita, Ronja, Michel und Pippi auf Schwedisch unterhalten. In unseren Büchern sprachen die nämlich alle deutsch und Michel hieß auch nicht Emil. Man vergisst aber sehr leicht, dass Deutschland in kultureller Hinsicht eine schwedische Kolonie ist. Wir würden gerne so leben wie in Bullerbü, richten uns dann aber doch mit Ikeamöbeln ein, auf denen wir in H&M Kleidung sitzen und auf Spotify Abba hören, Wallander-Krimis im Fernsehen gucken, Knäckebrot knabbern und unsere Kinder mit Astrid Lindgrenbüchern ruhigstellen.

Man sieht erstaunlich viele Säuglinge und Kleinstkinder in diesem Park, die sollen sich wohl schon mal ansehen, was sie später zu hören bekommen und danach selber lesen werden. 2007 besuchten über 400.000 Menschen die Anlage, in die man deshalb 2008 noch zwei weitere Eingänge gebaut hat, um Literaturfreunden den Zugang noch mehr zu erleichtern. In den Statuten des Parks wurde ausdrücklich vermerkt, dass er Kinder zum Lesen und Schreiben anregen soll. Hat bei uns auch funktioniert, die Tochter liest noch im Buchladen nach, ob Melker Melkersson wirklich keine Frau hatte, als er damals mit den Kindern nach Saltkrokan kam. Ich hatte das bestritten aber die Tochter wußte es besser und hat es nun sogar schwarz auf weiß, was mich ein Stück Erdbeerkuchen kostet. Und hat uns der Park auch zum Schreiben angeregt? Selbstverständlich, zwei Dutzend Postkarten haben wir ausgefüllt. Dann kaufen wir noch Tassen, Schlüsselanhänger, Briefmarken und Radiergummis und verlassen Vimmerby Richtung Osten.

Ziel unserer nächsten literaturwissenschaftlichen Exkursion ist Tampere in Finnland. Da wollen wir hin, um einen neuen Zugang zum Werk der Schriftstellerin Tove

Jansson zu finden. Den brauchen wir unbedingt, weil es doch schon ein paar Jahre her ist, seit wir »Komet im Mumintal«, »Muminvaters wildbewegte Jugend«, »Herbst im Mumintal« und viele weitere Muminbücher gemeinsam studiert hatten. In Tampere gibt es ein Muminmuseum, das man dort unter dem Namen »Muumilaakso« kennt. Das Museum präsentiert zahlreiche Originalzeichnungen und Gemälde von Tove Jansson. Dank dieser Darstellungen wissen wir ganz genau, wie die Wesen aussehen, die ihre Bücher bevölkern. Ein unschätzbarer Vorteil, auf den man als Leser von Thomas Mann, Balzac oder Dostojewski verzichten muss. Mumins sind Trollwesen von plumper Gestalt, einem Nilpferd nicht ganz unähnlich, ihre Lebensweise könnte man als gemütlichen Anarchismus oder anarchische Gemütlichkeit bezeichnen. Der Muminvater trägt einen Zylinder, die Muminmutter eine Schürze und ihr Sohn Mumin einen unerschütterlichen Enthusiasmus zur Schau. Zum weiteren Familienkreis gehören das elegante Snorkfräulein und der wortkarge Schnupferich, der Besitz und Parkwächter verabscheut sowie die Hemule, engstirnige, bürokratische Wesen, die Schmetterlinge sammeln und gerne als Parkwächter arbeiten. Hin und wieder begegnet man Hattifnatten, unheimlichen, augenlosen, elektrisch knisternden Kreaturen, die ständig unterwegs sind und niemals ankommen. Das Museum in Tampere kann als idealer Einstieg in die Muminwelt gelten. Man findet dort auch Bücher in allen Sprachen und maßstabgerechte Modelle von Häusern und Landschaften aus dem Mumintal und natürlich umfangreiches Sekundärmaterial in Form von Tassen, Briefmarken, Radiergummis, Schlüsselanhängern, T-Shirts und Hattifnatten aus Hartplastik.

## *Lenin und Mumin*

Nachdem wir uns mit dem Notdürftigsten versorgt haben, stoßen wir nur drei Häuser weiter völlig überraschend auf ein Leninmuseum. Die Abenteuer von Lenin habe ich meiner Tochter zwar nie vorgelesen, aber wir sind uns einig, dass Lenin und Mumin miteinander verwandt sein müssen, das hört man ja schon am Klang der Namen. Allerdings war Lenin, wie wir sofort feststellen, nicht so niedlich und hatte nie den Charme des kleinen Trolls. Seine Reise in einem plombierten Zugabteil könnte aber durchaus ein Abenteuer aus »Muminvaters wildbewegter Jugend« sein, dem Buch, in dem die Muminmutter zu der Erkenntnis kommt: »Es gibt so vieles, was man nicht versteht, aber wer sagt eigentlich, dass alles immer genauso bleiben soll, wie man es gewohnt ist.« Besser hätte das Lenin auch nicht ausdrücken können, höchstens komplizierter. Die Muminmutter sagt übrigens noch einen Satz, der Lenin gefallen hätte: »Alles wird schwierig, wenn man die Dinge besitzen und sie mit sich herumtragen will.«

Das Museum zeigt ein Modell von Lenins Zimmer in Tampere und ein prächtiges Standbild, das aber nicht mehr in die politische Landschaft Finnlands passt. Es beherbergt außerdem das umfangreichste Archiv mit Leninschriften außerhalb Rußlands. Wir kaufen mehrere Poster, einen Bleistift und einen Radiergummi. Schlüsselanhänger und Leninbüsten aus Hartplastik sind leider nicht im Angebot.

Von Tampere fährt man etwa 150 Kilometer bis Naantali, einem kleinen Ort an der finnischen Westküste. Dort liegt die »Moominworld«, die spätestens ab Turku hervorragend ausgeschildert ist. Aus akutem Talmangel hat man das legendäre Mumintal auf einer Insel nachgebaut, die mittels einer schmalen Brücke mit dem finnischen Festland verschraubt ist. Ein literarischer Vergnügungspark, in dem man sich wie in einem Muminbuch bewegen kann. Alles ist da: die verwinkelte Villa der Muminfamilie mit dem unglaublich blauen Turm, vor einem unglaublich blauen finnischen Himmel, die geräumige Veranda und die Hängematte, das Badehaus, das Gefängnis, die Wohnräume des Hemuls, sogar die »Mehrmussick« das Schiff mit dem der Muminvater den Ozean bereiste, liegt auf dem Gelände vor Anker. Der erstaunliche Name wurde von einem legasthenischen Leichtmatrosen auf den Schiffsrumpf gemalt, was naturgemäß niemand störte. Wunderbarerweise kann man Mumin, dem Snorkfräulein mit dem eleganten Fußreifen, der kleinen My, dem Hemul und anderen die Hand bzw. Pfote schütteln. Wir beobachten gerührt, wie sich ein vierjähriges Mädchen einer überlebensgroßen Figur in die mächtigen Arme wirft und laut aufschluchzend »Muminmamaa!« ruft. Die leibliche Mutter verfolgt die Szene ein wenig eifersüchtig, das muss man ja auch erstmal verkraften, wenn einem die Rolle von einem Nilpferd mit Schürze streitig gemacht wird. Die Tochter würde sich eigentlich auch gerne der Muminmama an den Schürzenzipfel hängen, aber sie ist erstens zu groß und zweitens wohl doch zu abgeklärt. Vorwurfsvoll seufzend erklärt sie: »Hier hättest du mit mir vor sechs Jahren hinfahren müssen.« Aber ob wir dann auch alles verstanden hätten? Ich nutze die Gelegenheit und schüttele noch schnell dem Snorkfräulein die Hand. Seit ich sie mit schätzungsweise elf Jahren in meinem ersten Muminbuch sah, verliebte ich mich sofort in sie und war lebenslang auf Frauen mit Fußreifen geprägt. Das sage ich aber der Tochter lieber nicht. Wir besichtigen das Muminhaus, wo man tatsächlich alles anfassen und sich auf die Möbel setzen und legen darf. Sogar den Zylinder vom Muminpapa kann man anprobieren, allerdings nur, um festzustellen, dass er für menschliche Köpfe ein paar Nummern zu groß ist. Ganz oben, in einem Zimmer mit Meerblick, steht die Schreibmaschine, auf der der Muminpapa seine Lebenserinnerungen verfasste, obwohl die Tochter sicher weiß, dass er dazu die sogenannte »Memoirenfeder« verwendet hat. Eine Schreibmaschine kommt aber wahrscheinlich nicht so schnell abhanden. Trotzdem setze ich mich ergriffen vor das Gerät und berühre ehrfurchtsvoll die Tasten, in der Hoffnung, dass nur ein wenig von den erzählerischen Fähigkeiten des Trolls auf mich übergehen mögen. Die Tochter fotografiert den Vorgang nachsichtig lächelnd.

Wir kaufen eine Tasse, auf der sich Mumin und das Snorkfräulein in den Armen liegen, eine Müslischüssel, Briefmarken, Postkarten, Radiergummi, Schlüsselanhänger sowie bunte Schachteln mit Muminmotiven, in denen sich Weingummis und Lutschbonbons befinden sollen, die allerdings nach Salmiakpastillen schmecken, wie alle finnischen Süßigkeiten.

Bevor wir die Moominworld mit großem Bedauern verlassen, sonnen wir uns noch am Strand und nehmen ein Bad in dem gleichen Wasser durch das Mumin nach einem Vulkanausbruch schwimmen mußte. Die ganze Küche stand damals unter Wasser und der kleine Troll tauchte vom ersten Stock aus nach Tassen und Kaffeekanne. Das bleibt uns zum Glück erspart, wir bekommen unseren Kaffee in »Muminmamas Küche« im Trockenen serviert. Am Ende der Mumin-Recherche sitzen wir bei wunderbarem Wetter auf einem Restaurant-Boot auf der

Aura in Turku und essen Pizza. Ich frage die Tochter, ob das nicht ein herrliches Leben sei. Wir hätten unsere Arbeit getan und könnten es uns jetzt noch stundenlang gut gehen lassen, bis wir am Flughafen sein müssen. Damit will ich ihre Begeisterung für das freie Autorendasein erzwingen. Die Tochter erwidert, das sei alles schön und gut, aber am Ende müsste ich doch noch einen Text schreiben, das würde ihr stinken

### *Angst, Schrecken und Sonderangebote*

Jetzt wird es höchste Zeit, meinem Kind den Zugang zu erwachsenen Werken der Weltliteratur zu ermöglichen. Das ist geradezu meine Pflicht als Vater. Unser Ziel ist deshalb »Dickensworld«, ein anspruchsvoller Literaturpark, 50km südlich von London in Chatham gelegen. Während es mir problemlos gelungen ist, die Tochter im Laufe von nur einer Kindheit mit den Gesamtwerken (ca. 50 Bände) von Tove Jansson und Astrid Lindgren vertraut zu machen, habe ich bei Charles Dickens versagt. Außer der Weihnachtsgeschichte habe ich ihr nichts vorgelesen, immerhin haben wir aber Polanskis Verfilmung von »Oliver Twist« gesehen.

Dickens schuf im Laufe seines Arbeitslebens über 13.000 Figuren, das sind fast doppelt so viele wie Vimmerby Einwohner hat. Ob die alle in »Dickensworld« unterwegs sind? Das wollen anscheinend nicht nur wir wissen, denn vor der Schranke des vollkommen überfüllten Parkplatzes hat sich bereits eine lange Schlange gebildet. Die hat allerdings nicht nur literarische Hintergründe, denn »Dickensworld« ist in einem Gebäudekomplex untergebracht, der außerdem ein Kino und eines der größten Outlet-Center Südenglands beherbergt, dazu Pizza-, Frikadellen- und Brotaufwärmverkaufstellen sonder Zahl. Sicher ganz im Sinne von Charles Dickens, dessen Schilderungen von hungrigen Menschen uns heute noch berühren. Eingedenk der zahlreichen sozial Benachteiligten in Dickens Romanen kann man hier sowohl billig einkaufen und essen, als sich auch noch eingehend mit dem Werk des größten und produktivsten englischen Schriftstellers vertraut machen. Obwohl meine Tochter dafür plädiert, den Einkauf vorzuziehen, einigen wir uns erstmal auf Dickens. Man betritt dessen Welt über eine Treppe, die zu einer Tür und einem düsteren Gang führt, an dessen Ende Sally auf uns wartet. Sie freut sich, dass wir extra aus Deutschland gekommen sind und bietet uns an, für nur fünf Pfund ein Foto von uns zu machen, in voller viktorianischer Verkleidung. Sally ist keine Figur aus einem Dickensroman, könnte aber problemlos eine sein, genauso wie ein gewisser Nick, der einen leicht zwielichtigen Eindruck macht, ständig an uns herumnestelt und uns gerne Taschenuhr samt Uhrenkette und Krawattennadel entwendet hätte, die wir uns aber vorher erst noch im Dickensworld-Shop kaufen müssten.

Plötzlich steht eine bleiche Frau hinter uns und schreit uns an, wir sollten gefälligst mit ihr mitkommen, sie habe nicht ewig Zeit. Dann stürzt sie sich auf ein neunjähriges Mädchen, das sofort den Tränen nahe ist. Die bleiche Frau treibt ein kleines Grüppchen verängstigter Besucher im Eingang des »Geisterhauses« zusammen, erklärt uns, sie hoffe darauf, das alles mal zu erben, scheucht uns dann die Treppen hoch, nicht ohne das kleine Mädchen noch einmal so zu erschrecken, dass es zusammenbricht und aus dem Haus geführt werden muss. Die Welt von Charles Dickens ist nichts für schwache Nerven, soviel ist der Tochter schon jetzt klar. Wir stolpern durch die langen Gänge des Hauses und erwarten hinter jeder Biegung von jemand angesprungen, ausgeraubt und angebrüllt zu werden, stattdessen werden uns in holografischen Projektionen, Romanszenen aus Oliver Twist, David Copperfield oder Bleakhouse vorgespielt. Eine bedrückende Düsternis herrscht in diesem Themenpark. Man bekommt den Eindruck, dass Dickens hauptsächlich nächtliche, spärlich beleuchtete Szenerien beschrieb und unwillkürlich nehme ich mir vor, das alles nochmal im traulichen Schein einer Leselampe nachzuprüfen. Die Tochter vermutet, der Autor habe wohl nur Horrorgeschichten geschrieben und wenn man es recht bedenkt, liegt sie damit gar nicht so falsch. Man ist jedes Mal erleichtert, wenn ein würdiger, beleibter Herr auftaucht, den es hier in mehrfacher Ausfertigung gibt, und sich jovial lächelnd erkundigt, ob denn alles in Ordnung sei. Mit Sicherheit ein naher Verwandter von Mister Pickwick, dem notorischen Philanthropen und Menschenfreund.

Größte Attraktion ist der »Great-Expectations-Boat-Ride«, eine Art Geisterbahnflussfahrt, vorbei an Friedhöfen, heulenden Kettensträflingen und bedrohlichen Schatten aller Art. Vor Antritt der Fahrt wird man gebeten, sich nicht an den Ratten zu stören, die hin und wieder ins Boot springen könnten. Man solle sie einfach mit dem Paddel verscheuchen. Leider haben wir die nicht, das Boot wird von einer unsichtbaren Gewalt vorwärtsbewegt. Die versprochenen Ratten lassen sich glücklicherweise nicht blicken, stattdessen fährt das Boot bergauf, immer höher geht es durch eine unheimliche Kulisse von Hinterhöfen mit schwach glimmenden Elektrolagerfeuern und urinierenden Armenhäuslern. Schließlich saust das

Boot mit einem lauten Platschen in die Tiefe, trudelt noch ein paar Mal im Kreis und kehrt zum Ausgangspunkt der Reise zurück. Tatsächlich gibt es in »Große Erwartungen« eine gespenstische nächtliche Fahrt auf der Themse, Dickens erwähnt dabei sehr anschaulich ein »Faktotum«, das »so schmierig und schleimig aussah, als habe es als Niedrigwassermarke gedient«.

Wir kaufen die in literarischen Themenparks anscheinend obligatorischen Tassen, Schlüsselanhänger, Postkarten, Rediergummis, Poster, Briefmarken und eine Dickensbüste aus Hartplastik und dann beruhigen wir unsere aufgepeitschten Nerven durch den Kauf von drei Paar Schuhen, einer Krawatte und einer Hose, die aber auf geisterhafte Weise außerhalb des Einkaufscenters Farbe und Größe wechselt und nur noch als Teil einer Taschendiebverkleidung in Dickensworld getragen werden kann.

## *Willkommen in der Kafka-World*

Was haben diese drei hochambitionierten Literaturparks nun bei uns bewirkt? Sehr viel, ich habe die Muminbücher nochmal studiert und der Tochter alles über Lenin aus dem Brockhaus vorgelesen. Davon inspiriert nahm sie sich zum vierten Mal die »Brüder Löwenherz« und »Ferien auf Saltkrokan« vor und ich kaufte mir Dickens Gesammelte Werke in der Übersetzung von Gustav Meyrink. Wir trinken zum Frühstück Kaffee aus Dickens- und Mumintassen und ich öffne mein Bier nur noch mit dem Pippi-Langstrumpf-Flaschenöffner.

Es sollte wirklich mehr literarische Themenparks geben. Warum eröffnet man in Lübeck nicht eine »Günther-Grass-Welt«? Wo viele schnauzbärtige Männer herumlaufen, die sich überall einmischen und Pfeife rauchen und denen man die Hand schütteln kann. Den Schnauzbart gibt's im Grass-Shop als Fußabstreifer und im Restaurant serviert man leckeres Buttfilet mit Zwiebeln angebraten. Gleich nebenan wäre die Thomas-Mann-Welt, für die man auf Englisch mit dem unschlagbaren Slogan »It's a Mann's World« werben könnte. Da sind natürlich auch Studenten im Thomas-Mann-Kostüm unterwegs und machen jungen Männern Avancen. Besonders beliebt wäre das Kinderparadies »Unordnung und frühes Leid«.

Was wir aber unbedingt brauchen ist »Kafkas-Welt«. Der Prager Schriftsteller hat ja nun wirklich die perfekten Vorlagen für einen Erlebnispark geliefert: Nach einer Übernachtung im parkeigenen Hotel werden Sie, ohne dass Sie etwas Böses getan haben, verhaftet. Es muss Sie wohl jemand verleumdet haben. Sie versuchen den ganzen Tag vergeblich, ein Schloss zu erreichen, machen eine Verwandlung zum Käfer durch, werden von Kübelreitern belästigt und stehen sich vor dem Gesetz die Beine in den Bauch, kurz gesagt, es erwartet Sie: ein kafkaeskes Vergnügen für die ganze Familie.

## Sprachlos in Frankreich

Jeder, der seine Texte vor Publikum vorträgt, kommt in die Situation, dass er sich überlegen muss, ob es sich wirklich lohnt, vor drei Leuten aufzutreten, sowohl für die drei Zuhörer als natürlich auch für den Künstler. Der Moment selber hat etwas leicht Traumatisches, man wird mit der eigenen Bedeutungslosigkeit konfrontiert, mit ein wenig Abstand kann man sich der Illusion hingeben, man habe in jenem Augenblick Demut gelernt, in Wirklichkeit hat man für einen kurzen Moment dem Tod ins Auge geblickt. Wird der Abstand noch größer, verklärt sich das Erlebnis und gerinnt zu einer süffig erzählten Anekdote. Der Schriftsteller Eckhard Henscheid erzählte gerne, wie er mal mangels Zuhörer mit dem Veranstalter allein blieb und dann einfach mit ihm einen trinken ging. Das mag zu Beginn der Schreiblaufbahn ein durchaus bereicherndes Erlebnis sein, hat man sich jedoch im Laufe der Jahre erst einmal mit angenommener Bedeutung und eingebildeter Wichtigkeit aufgeladen, dann ist man geneigt, ein solches Erlebnis anders zu bewerten. Stellen wir uns einen nicht mehr ganz jungen Mann vor, der sich genau genommen sieben Jahre vor Erreichen des gesetzlichen Renteneintrittsalters befindet und trotz gewisser Bedenken von einem Bekannten dazu überreden lässt, bei einer Buchmesse in einer Kleinstadt im französischen Südwesten aufzutreten. Er soll einen vierzigminütigen Vortrag zum Thema Deutschland und die Flüchtlinge halten und das auf Französisch. Er kennt diese Sprache sozusagen vom Hörensagen, kann sich halbwegs verständlich machen und die Zeitung einigermaßen flüssig lesen. Seinen Vortrag, den er selber auf dreißig Minuten begrenzt, übersetzen drei des Übersetzens kundige Damen. Die Anreise erfolgt mit zwei Flugzeugen von Straßburg nach Lyon mit Weiterflug nach Pau, dann Einchecken im Hotel Montpensier, das man als typisches Franzosenhotel bezeichnen kann. Die Gänge und Eingangstüren sind leicht heruntergekommen, das Zimmer selbst ok, Frühstück im dämmrigen Souterrain, Kaffee demnach von unterirdischer Qualität, Croissants bleich und leicht aufgedunsen, eher die Wasserleiche eines Croissants, aber inzwischen sehen Croissants in Frankreich fast überall so aus. Der Vortragende erfährt am Abend, dass die Menschen, die ihn eingeladen haben, vom Veranstalter über nichts informiert wurden, er selber soll aber an drei Podiumsdiskussionen teilnehmen, eine zum Thema »1916 und die Folgen«, eine weitere zum Thema »Die Lage des Buches in Europa« und als letztes »Napoleon Bonaparte – Fluch oder Segen?« Gegen 18:00 Uhr beginnt sein Vortrag. Den Vormittag des Folgetages verbringt der Vortragende im Hotel und übt den umfangreichen Text ein, der mit schwierigen Ausdrücken wie oesophage, particullierement und fieré gespickt ist. Unerklärliche Worte lässt er sich von unheimlichen Stimmen aus dem Internet vorlesen. Er versucht sich daran zu gewöhnen, dass die Pointen aufgrund der französischen Satzstellung am Anfang des Satzes kommen und die Fallhöhe erst danach geschaffen wird. Er hofft aber stark auf die Kraft der Bilder, die er analog zum Text an die Wand werfen wird. Er kauft sich zur Beruhigung einen riesigen, wehrhaften Regenschirm, wie ihn die Schäfer der Region benutzen, und der zu den Top-Souvenirs von Pau gehört. Am Abend wird ihm dämmern, dass sein gesamtes Publikum problemlos unter diesem Schirm Platz gefunden hätte. Der

Salon de livre ist schlecht besucht und schlecht organisiert, er sitzt paralysiert die drei Podiumsdiskussionen ab, in denen keiner der anwesenden Franzosen von ihm Notiz nimmt und in denen jedes Mal ein feuriger junger Baske das Wort führt. Dann macht sich der Vortragende für seinen Vortrag bereit, er sitzt in einem Viermannzelt vor drei Frauen, von denen die eine seine Übersetzerin ist, die überprüfen will, ob er das alles überhaupt aussprechen kann, die zweite Dame ist die Leiterin der örtlichen Mediatheque, die ihm später in einer Mischung aus Abscheu und Faszination erklären wird, dass sie so etwas noch nie gehört habe, und die dritte Dame muss sich endlich mal irgendwo hinsetzen und will wissen, ob sie hier eine französische Ausgabe von »Mein Kampf« erwerben kann. Der nicht mehr ganz junge Vortragende radebrecht seinen Vortrag herunter, wirft die passenden Bilder an die Zeltwand und beschließt danach, seinen Körper der Wissenschaft zu vermachen und seine Seele dem Teufel. Auf Französisch: le diable.

## Unterwegs – im Salzmühltal

Früher stand im Hotel auf jedem Frühstückstisch ein Salzstreuer. Er sah oft unansehnlich aus, manchmal hatten Scherzbolde den Deckel gelockert oder den Inhalt gegen Zucker ausgetauscht, aber meistens erfüllte er seinen Zweck und der bestand darin, Salz zielgenau auf Nahrungsmitteln auf Eierbasis zu verteilen. Doch die großen Tage des Salzstreuers sind gezählt. Immer häufiger wird dem Gast heutzutage ein klobiges, größtenteils durchsichtiges Gebilde angedient, in dem sich merkwürdige Kristalle befinden. Das Gerät ist nach dem Prinzip der Pfeffermühle aufgebaut, den oberen Teil kann man drehen und dann zerkleinert ein Mahlwerk am Boden die Kristalle zu feinstem Salz. Ein alter Menschheitsalptraum wird wahr: Salz frisch vom Faß, also direkt aus der Mühle. Wir machen uns unser Salz erst in dem Moment, wo wir es auch brauchen. Die Salzherstellung geht mit einem hässlichen Knirschgeräusch einher, das zartere Seelen an die Entfernung eines Weisheitszahns aus dem Kiefer erinnern könnte – manchmal quietscht es auch, als wäre das Salz noch lebendig. Sobald das Salz die Mühle verlassen hat, verteilt es sich auf dem gesamten Teller, erreicht aber auch problemlos die Hose des Salzmüllers und die kleinen Honig- und Marmeladentöpfchen, die man vorrausschauend schon in einer gewissen Entfernung vom Teller positioniert hatte. Der einzige Ort, auf dem sich kein Salz befindet ist das Ei. Man kann den Streuwinkel so oft verändern, wie man will, das Salz wird praktisch vom Ei abgestoßen, während es aber keine Probleme hat, im Kaffee hängen zu bleiben. Legt man immer noch Wert auf ein gewürztes Ei, muss man sich erst einmal auf dem Teller einen ansehnlichen Salzberg zusammenmahlen und ihn dann mit zwei Fingern zum Ei transportieren. Die wenigsten Menschen sind am frühen Morgen zu solchen logistischen Meisterleistungen fähig und deshalb sieht man an vielen Tischen Eieresser mit wachsender Verzweifelung mit ihren Foltermühlen herumknirschen und -quietschen.

Der erfahrene Hotelgast wird also in Zukunft immer einen kleinen Reisesalzstreuer mit sich führen oder sich das Eieressen abgewöhnen. Der grundsätzliche Trend, der sich hier andeutet ist aber durchaus mit Misstrauen zu betrachten. Noch soll der Frühstücker sich nur sein Salz selber herstellen, aber bald wird man ihm Campingkocher und Pfanne überreichen, damit er sich sein Spiegelei »frisch am Tisch« zubereite, und er kann schon froh sein, wenn er nicht noch mit den zuliefernden Hühnern auf einer Stange schlafen muss.

## Vive l’amitié franco-allemande!

Am 22. Januar 1963 unterzeichneten Konrad Adenauer und Charles de Gaulle einen Vertrag über die deutsch-französische Zusammenarbeit. Darin hieß es: »Der deutschen und der französischen Jugend sollen alle Möglichkeiten geboten werden, ihr Verständnis füreinander zu vertiefen.« Keine drei Jahre später nahm ich das großzügige Angebot der Politiker an und versuchte Verständnis für die Franzosen zu entwickeln. Damals war mir natürlich noch nicht bewusst, dass ich etwas für die deutsch-französischen Beziehungen tat, indem ich sonntags vor dem Fernseher saß und »Le manège enchanté« sah. Eigentlich fühlte ich mich für diese Puppentrickserie schon etwas zu alt, aber 13:15 Uhr war der früheste Zeitpunkt, an dem man sich vom Rest der Familie isolieren und den Fernseher anstellen durfte. Das Bild war noch schwarzweiß und eigentlich immer unscharf. Eine Fernbedienung brauchte man nicht, denn es gab nur zwei Programme. Ein deutsches Sonntagmittagessen bestand damals aus einer Scheibe Rindfleisch, dunkler Soße, Kartoffeln und Erbsen-Möhren-Gemüse und bis heute frage ich mich, wie man es schaffen konnte, Rindfleisch derartig zäh werden zu lassen. Ob es sich bei den Erbsen schon um »Bonduelle«, das »famose Zartgemüse aus der Dose« handelte, weiß ich nicht – auf jeden Fall konnte man das Fleisch nur dann dazu bewegen, die Speiseröhre hinabzugleiten, wenn man es auf genügend Erbsen gelagert und mit Soße geschmiert hatte.

Danach war ich, wie gesagt, reif für »Das Zauberkarussel«. Es war eine höchst merkwürdige Serie. Da gab es

Margot, ein langweiliges, braves Mädchen, das alles besser wusste, den Hund Pollux, der immer in Schwierigkeiten steckte, Hugo den Schneckerich, der in der deutschen Synchronisation sächsisch sprach. Im französischen Original hieß er Ambroise. Redete er da etwa bretonisch oder sch'ti? Und es gab den Zauberer Zebulon, der in brenzligen Situationen überraschend aufzutauchen pflegte mit den Worten: »Turnikuti, Turnkuta, Zebulon ist wieder da.«

Damit ihm seine Auftritte glückten, hatte er statt Beinen eine Sprungfeder. Zebulon konnte problemlos Zeit und Raum überwinden, das »Zauberkarussel« half ihm dabei, Zauberkarussel war die französische Umschreibung für LSD, aber das wusste ich damals noch nicht. Es war mein erster Kontakt mit französischer Kultur und er hinterließ unauslöschliche Spuren. Bis heute glaube ich immer noch, dass Schnecken sächsisch sprechen.

Wenige Monate später begann im Vorabendprogramm der ARD »Belphégor«, eine Serie, die mir einen heillosen Schrecken einjagte. Ich achtete genau darauf, dass die Tür immer angelehnt und ich niemals ganz allein mit dem Fernseher war. Juliette Gréco spielte Laurence, die weibliche Hauptrolle, aber der Name sagte mir überhaupt nichts. »Belphégor« war eine komplett vermummte und schwarz verschleierte Erscheinung mit einer dämonischen Maske, die im Louvre umhergeisterte, auf der Suche nach irgendeinem geheimen Schatz. Belphégor stand unter Hypnose und folgte den finsteren Befehlen irgendeines Superschurken. Wer Belphégor war, erfuhr man erst in der letzten Folge. Hätte ich mich mit Juliette Gréco ausgekannt, wäre mir beim Anblick der schwarzen Gewänder sicher schon alles klar gewesen, so war ich völlig überrascht, als sie auf dem Dach des Louvre stand und der Schurke rief: »Spring Laurence, spring! Du bist Belphégor!« Wenn mir ein Satz aus dem Fernsehen in Erinnerung geblieben ist, dann dieser hier. »Spring, Laurence, spring!« Und Laurence sprang. Dann gab es noch die französische Version von Lassie, sie hieß »Belle et Sébastien«, und handelte von einem riesigen Hund und einem kleinen Jungen, aber der Hund war nicht so gut wie Belphégor, obwohl er auch springen konnte.

Bald darauf bekam ich die ersten Pickel, meine Stimme wurde brüchig und mein Verhältnis zur Realität ebenfalls. In dieser Verfassung hatten die Zeichentrickserie »Les Shadoks« kein Problem, die Kontrolle über mein Bewusstsein zu erlangen. Die »Shadoks« bewohnten einen ziemlich amorphen Planeten links oben im All, ihre Nachbarn waren die »Gibis«, die auf einem flachen, brettartigen Planeten lebten und irgendwo dazwischen lag die Erde. Es gab zwei Arten von Shadoks, die mit den Beinen nach unten liefen oben auf dem Planeten herum, die anderen Shadoks, deren Beine nach oben zeigten, lebten naturgemäß auf der Unterseite des Planeten und hatten die Aufgabe, ihn zu stützen, damit er nicht ins All stürzte. Die Shadoks waren vogelartige, die Gibis schafartige Kreaturen und sehr einfach gezeichnet. Das Ganze war surreal, anarchistisch, unglaublich komisch und natürlich: französisch. Eine bessere Serie habe ich nie wieder gesehen.

Mehr als zwanzig Jahre später sah ich dann »Sous le soleil«. Auf dem Planeten »St. Tropez« leben unglaublich schöne Menschen, in unglaublich schönen Häusern und werden unter einem unglaublich schönen blauen Himmel von einer unglaublichen Serie von Betrug, Heiratsschwindel, Mord, Aids, Tod, Inzest und Fehlgeburten verfolgt. Ich freute mich jedes Mal darauf, welcher

Schicksalsschlag sie in der nächsten Woche treffen sollte. Eigentlich handelte es sich nur um gerechte Strafen, denn die Darsteller spielten unglaublich schlecht. Welche Serien wir im Austausch nach Frankreich geschickt haben, weiß ich nicht, ich befürchte aber, sie lassen uns nicht in so brillantem Licht erscheinen, wie es den Franzosen durch Belphégor und den Shadoks gelang. Wahrscheinlich müssen wir Frankreich dankbar sein, dass es uns überhaupt seiner Freundschaft für würdig erachtete. Ich kann mit Stolz erklären, dass ich meinen Teil des Elysée-Vertrages erfüllte. Ich habe mich immer intensiv bemüht, die Franzosen zu verstehen. Jedenfalls solange sie gut synchronisiert waren.

# Die Vögel in Nachbars Garten

Seit sechs Jahren führt der Nabu unter dem Motto »Die Stunde der Wintervögel« eine große ornithologische Bestandsaufnahme durch. Man soll sich auf die Lauer legen, alle Vögel, die man in einer Stunde sieht, durchzählen und nach Arten getrennt melden. Der Naturschutzbund animiert: »Helfen Sie mit, schleichende Veränderungen in der Vogelwelt festzustellen. Sie werden zum Teilnehmer eines echten Langzeitprojekts!« Obwohl ich in den achtziger Jahren ein entschiedener Gegner der Volkszählung war, nehme ich regelmäßig und durchaus begeistert an der Vogelzählung teil, aber ich muss zugeben, ich habe auch regelmäßig betrogen. Es ist nämlich häufig vorgekommen, dass ich in unserem Garten überhaupt keinen Vogel zu sehen bekam, wegen der Großbaustelle auf dem Nachbargrundstück, weil unser Vogelhäuschen kurz vor Weihnachten zusammengestürzt war, weil die Nachbarn die Vögel mit Tonnen von Leckereien bestechen und weil hier zu viele Katzen herumlaufen. Es wäre wirklich an der Zeit, Katzenbesitzer mit Kampfhundehaltern gleichzustellen und einen Eignungstest von ihnen zu verlangen. Aus den genannten Gründen kann es jedenfalls ziemlich frustrierend sein, eine Stunde lang in den saunahandtuchgroßen Garten zu starren, der außerdem noch sehr ungünstig rund um die Doppelhaushälfte angeordnet ist. Um jeden Winkel ununterbrochen im Blick zu haben, müssten vier Familienmitglieder mithelfen und ich bezweifle, dass ich die Kinder wirklich bewegen kann, ihre wichtigen Studien zu unterbrechen, von Berlin in den Taunus zu fahren, um den Vater bei seinem Langzeitprojekt zu unterstützen. Außerdem haben sich die Kinder immer geweigert, auch nur eine Art richtig zu benennen. Noch als Achtzehnjährige wollte meine Tochter wissen, was das denn für ein großer bunter Vogel auf der Mauer sei, und ich teilte ihr mühsam beherrscht mit, dass es sich, wie in all den Jahren davor, um einen Eichelhäher handele. Der Sohn kann Dompfaff und Rotkehlchen nicht auseinanderhalten, stattdessen kennt er die Namen aller Nebenfiguren in »Breaking Bad«.

Die Bedingungen für einen passionierten Birdwatcher sind in direkter Umgebung meines Hauses wirklich suboptimal. Daher beschränke ich mich nicht auf die eine doch ziemlich willkürliche Stunde der Wintervögel, sondern nehme so etwas wie den aktuellen Wochendurchschnitt und die Gärten von Frau Pohlmann, Frau Gebauer, Dr. Hering und den Brakelmeiers dazu. Da kommt dann doch ganz ordentlich was zusammen. 6 Amseln, 5 Kohlmeisen, 21 Feldsperlinge, 3 Buchfinken, 2 Rotkehlchen, 1 Hausrotschwanz, 5 Elstern, 12 Saatkrähen, 4 Ringeltauben, 2 Mäusebussarde und 1 Grünspecht habe ich im vergangenen Jahr gezählt. Ich befürchte, ich mache keinen vertrauenserweckenden Eindruck, wenn ich mit meinem Fernglas gut sichtbar am Fenster stehe und in andere Gärten spähe. Andererseits will ich mich auch nicht hinter der Gardine verstecken, schließlich tue ich nur meine Pflicht. Ich könnte noch problemlos einen Waldkauz melden, dazu müsste ich nur fünf Minuten mit dem Fahrrad fahren, dann würde ich ihn auf dem Schornstein des Forsthauses sitzen sehen. Er hockt da seit Jahrzehnten, es muss einer der ältesten Käuze des Landes sein oder der Schornsteinsitzplatz wird in seiner Familie weitervererbt, das Verhalten von Eulen gibt Wissenschaftlern noch viele Rätsel auf. Ich habe den Waldkauz aber noch nie mitgezählt, weil Beobachtungen im Wald nicht gelten. Ich denke mir auch nicht einfach 3 Wintergoldhähnchen und 2 Mittelspechte aus, denn das würde die Ergebnisse verfälschen. Ich könnte aber einen turkmenischen Uhu aufschreiben und es wäre nicht gelogen. Davon lebt genau ein Exemplar mitten in unserer Stadt. Man kann ihn in der Dunkelheit einigermaßen zuverlässig in einem Laden für Computerspiele am Bahnhof beobachten, während man vergeblich auf den Nachtbus wartet.

Mit Uhus kenne ich mich aus, schließlich war ich drei Jahre meines Lebens für den Nabu tätig, genauer gesagt für seine Vorgängerorganisation den »Deutschen Bund für Vogelschutz« (DBV). Ich habe meinen Zivildienst in der »Zentralen Vogelpflege- und Auswilderungsstation« in Leiferde bei Gifhorn abgeleistet und, weil es mir dort so gut gefiel, noch als ABM-Kraft weitergemacht. Es war eine Zeit unvergleichlicher Abenteuer und Tierbeobachtungen. Ständig wurden verletzte oder beschlagnahmte Turmfalken, Habichte, Rotmilane, Uhus, Waldohreulen und einmal sogar vier Schneeeulen eingeliefert oder bei den Findern abgeholt und auf verschiedene Volieren verteilt. Die Station war hauptsächlich auf Eulen und Greifvögel spezialisiert, dazu kamen im Winter Unmengen verwirrter Schwäne, die auf dem Gifhorner Schlossteich festgefroren waren.

Nicht alle überlebten, Vögel sind sehr zerbrechlich und einem Zusammenstoß mit einem Mittelklassewagen aus dem nahegelegenen Wolfsburg selten gewachsen. Die toten Tiere wurden in der Kühltruhe zwischengelagert. Man kann einen Habicht gut in der Tiefkühltruhe beobachten, genauso wie einen Steinkauz oder einen Uhu. Die Tiere lassen einen wirklich sehr nahe herankommen, wirken aber etwas steif. In der freien Natur sind Vögel unruhig und versuchen sich zu verstecken. Ich dachte schon damals, es müsste eine Methode geben, sie zum Beobachten kurzfristig einzufrieren, so, wie die Schwäne es bereits selber taten. Aber in der Vogelpflegestation wurden einem die interessantesten Vögel manchmal direkt in die Hand gedrückt.

An einem Samstagabend klingelte es Sturm. Vor mir stand ein kleiner, streng dreinblickender Mann und überreichte mir einen Karton mit zehn Küken, die, kaum dass sie mich sahen, sofort anfingen, die schwarzen Schnäbel aufzusperren. Die Küken im Karton waren junge Störche und der Mann vor der Tür der »Storchenbeauftragte des Landkreises«. Dieses Amt hatte er sich selbst gegeben, es existierte überhaupt nicht, er war eine Art Operettennaturschützer. Daran sieht man, dass die Vogelbeobachtung häufig auch den Kontakt mit sehr eigenwilligen menschlichen Individuen mit sich bringen kann. Der selbsternannte Storchenbeauftragte hatte es tatsächlich geschafft, alle freiwilligen Feuerwehren von seiner Wichtigkeit zu überzeugen, und so verbrachte er jede freie Minute auf Drehleitern und kontrollierte Storchennester. Wenn ein kleiner Storch das Pech hatte, irgendwie schlapp auszusehen, wurde er sofort einkassiert und zur Vogelpflegestation gebracht. So wie die zehn im Pappkarton.

Ich wisse ja, was ich zu tun hätte, sagte der Storchenbeauftragte mit drohendem Unterton in der Stimme und verließ das Stationsgelände. Ich wusste überhaupt nichts, niemand hatte mich darauf vorbereitet, für zehn Storchenküken verantwortlich zu sein. Ich klingelte meinen Chef aus dem Bett und der erklärte gelangweilt: »Kein Problem, Eintagsküken schön kleinschneiden und vor allem Wärme!« Diese Nacht war eine der unruhigsten meines Lebens. Jede Stunde wachte ich auf, wankte zum Heizungsraum und riss ängstlich die Tür auf. Zehn Storchenschnäbel reckten sich mir krakeelend entgegen und ich warf die Tür erleichtert wieder zu. Nur um nach einer Stunde wieder aufzuwachen, im festen Glauben, sie seien jetzt alle tot. Die kleinen Störche waren aber im Gegenteil extrem lebendig. Sie hatten eigentlich nur eins im Kopf und das war Fressen. Man konnte ungeheure Mengen an Eintagsküken in sie einfüllen und ihnen beim Wachsen zusehen.

Es mag merkwürdig klingen, dass man Küken mit Küken füttert, und eigentlich ist merkwürdig nicht der richtige Ausdruck, zynisch und kükenverachtend träfe da schon eher zu. Diese Eintagsküken stammten aus einer der vielen Hühnereibrütereien, die etwa ein Viertel Niedersachsens bedecken. Die restlichen Dreiviertel bedecken Legebatterien und Schweinemastbetriebe. Einmal im Jahr fuhren wir Zivildienstleistende in der Brüterei vor und füllten einen Transporter samt Anhänger mit Eintagsküken. Die heißen so, weil sie nur einen Tag leben, sie sind also das ornithologische Pendant zur Eintagsfliege. Die Brütereien wollen nur weibliche Küken und sortieren die männlichen sofort aus. Diese Tätigkeit, die man »sexen« nennt, besorgten damals Koreaner, die nach zwei Sekunden Betasten wussten, mit welchem Geschlecht sie es zu tun hatten. Die weiblichen Küken wurden dann in wenigen Tagen zu Legehennen aufgeblasen, die männlichen Küken machten Bekanntschaft mit Kohlenmonoxid. Wir verpackten die noch warmen Tiere in Plastiktüten und froren sie ein. Jeden Abend musste man einen Beutel rausholen, damit die Küken für den nächsten Tag aufgetaut waren. Aus so einem Beutel stammten auch die Küken, die ich für die Storchenküken in schnabelgerechte Stücke schnitt. Die Welt ist ungerecht, dem Storch bringt man eine kultische Verehrung entgegen, die Kinder des Huhns sind dagegen reine Industrieware. Das Ganze war auf jeden Fall eine wichtige Vorübung für die Zeit, in der ich eigene Brut zu betreuen hatte. Während meine Frau selig durchschlief, erwachte ich beim kleinsten Geräusch, das mein Sohn und später meine Tochter machten. Ich schnitt ihnen Eintagsküken klein und dann waren sie wieder ruhig. Meine Frau wunderte sich, warum ich jeden Morgen völlig kaputt war. Die Kinder hatten doch durchgeschlafen, oder?

Ich erwähne das alles nur in dieser Ausführlichkeit, um meine enge Beziehung zu Vögeln und meine große Erfahrung auf dem Gebiet der Vogelbeobachtung zu verdeutlichen. Die Vogelbeobachtung ist neben dem Schallplattensammeln eine der schönsten und beglückendsten Tätigkeiten, der ein Mensch nachgehen kann. Ich könnte an dieser Stelle diverse Expeditionen erwähnen, die mich nach Kasachstan, an den Neusiedler See und die Rieselfelder Windel bei Bielefeld führten. Ich könnte mit Namen wie Steppenkibitz, Krauskopfpelikan, Altai-Königshuhn und Ibisschnabel renommieren, aber darauf kommt es dem wahren Birdwatcher gar nicht an. Ihn befriedigt das reine Beobachten, so wie es Simon Barnes, Autor eines Buches mit dem schönen Titel »Birdwatching with your eyes closed«, beschrieben hat: »Vögel anzuschauen ist ein Schlüssel, es öffnet Türen und wenn du dich entscheidest, einzutreten, wirst du das Leben mehr genießen und besser verstehen können.«

Trotzdem oder vielleicht gerade deshalb schäme ich mich jedes Jahr für den beinahe vogelfreien Zustand unseres Gartens. Und nur deshalb sehe ich mich gezwungen, Vögel auf fremden Grundstücken zu beobachten, auch damit ich bei der Stunde der Wintervögel den Nabu, meinen alten Arbeitgeber, nicht enttäusche. Mit einigem Erfolg, denn tatsächlich konnte ich am Freitag einen Kernbeißer und vier Stieglitze an Frau Pohlmanns fast schon unanständig prall gefüllten Futtersilos lokalisieren. Eine fette Beute, der Stieglitz ist der Vogel des Jahres 2016, auf ihn soll der winterliche Beobachter sein besonderes Augenmerk legen. Dazu kommen 7 Grünfinken, 1 nicht ganz sicher identifizierter Erlenzeisig, 3 Amseln, 3 Ringeltauben und 1 Kleiber bei Brakelmeiers, sowie in meinem Garten neben dem Briefkasten 2 Kohlmeisen und 3 prächtig bunt gefiederte Sternsinger, die netterweise an der Haustür klingelten. Ich bin mir aber nicht sicher, ob ich die dem Nabu melden darf.

## Do the Dodo

Der Dodo ist wieder da. Obwohl das letzte lebende Exemplar des Vogels im 17. Jahrhundert gesichtet wurde, steht jetzt wieder einer in Frankfurt im Senckenberg-Museum. Eine präparatorische Meisterleistung. Der Vogel mit den Diamantenaugen wirkt lebendig, man kann dem Blick aus diesen Augen nur schwer standhalten. Der Dodo hat den Kopf leicht nach rechts geneigt und schaut uns traurig, vielleicht auch nur melancholisch an. Die Präparatorin hat ihr ganzes Können in diesen Blick, in diese Geste gelegt. Es ist kein anklagender Blick, der Vogel fragt nicht »Warum?« Es ist eher ein leicht resignatives »Na? Und Du?«

Der Dodo weiß, wie es ist, wenn man nicht mehr ist, weil man ausgerottet wurde. Der Dodo weiß auch, wie es sich anfühlt, wenn das eigene Ansehen verunglimpft wird. Lange Zeit hielt ihn die Wissenschaft für beschränkt. Weil er sich einfach ausrotten ließ und weil er ein sehr kleines Gehirn hatte. Heute glaubt man zu wissen, er war genau so schlau wie eine Taube. Aber er konnte keine Luftpostbriefe austragen, denn er war flugunfähig. Es hätten sich niemals Dodozüchtervereine gegründet und niemand hätte gesagt: »Der Dodo ist das Rennpferd des Bergmanns.« Er dient heute als ein Symbol für die Rücksichtslosigkeit des Menschen, der erste Vogel, von dem wir wissen, dass er ausgerottet wurde. Weil er sich nicht anpassen konnte.

Der Dodo lebte auf Mauritius, lange Zeit eine vollkommen menschenleere Insel. Er hatte keine natürlichen Feinde, deshalb ließ er seine Flügel verkümmern. Als dann portugiesische Seefahrer auf Mauritius landeten, wusste er nicht, dass das jetzt natürliche oder auch unnatürliche Feinde waren. Er hatte keine Fluchtdistanz. Und er ahnte natürlich auch nicht, dass jetzt seine Ausrottung anfing. Es gab damals keinen Nabu und auch keinen WWF. Der Dodo war am Arsch. Die Portugiesen hatten Hunger und danach kamen die Holländer, die hatten auch Hunger. Der Dodo war fett, in manchen Quellen finden sich sehr uncharmante Beschreibungen, er war zu schwer, um abzuheben, und schnell laufen konnte er auch nicht. Die Holländer versprachen sich einiges vom Dodobraten, aber das war ein Irrtum. Der Dodo war eigentlich nicht zum Verzehr geeignet. Sie nannte ihn Ekelvogel. Nicht sehr einfühlsam. Und sie verfolgten ihn wahrscheinlich umso wütender, zur Strafe, weil er nicht gut schmeckte.

Dann machten die Holländer Mauritius zur Strafkolonie, und die Menschen, die dort hingebracht wurden, mussten zur Strafe die restlichen Dodos essen. Die meisten Dodos wurden wahrscheinlich durch Ratten, Affen und Schweine getötet, die die Holländer mitgebracht hatten, um es dem Dodo richtig zu besorgen. Würde es ihn heute noch geben, wenn er besser geschmeckt hätte? Es wäre eine gewagte Annahme, dass nur die ungenießbaren Tiere aussterben müssen, aber man sollte ihr nachgehen. Vielleicht gäbe es Dodo-Farmen, mit Intensivmast. Besonders wichtig gerade, wo rotes Fleisch wieder ins Gerede gekommen ist. Was sagt uns das Schicksal des Dodos? Man sollte kein Körperteil verkümmern lassen, auch wenn man es gerade mal nicht braucht, denn es könnten jederzeit hungrige Holländer vorbeikommen.

## Der Revierkennzeichner

Das Viertel, in dem ich wohne, ist ein sehr ruhiges Viertel. An manchen Tagen wird die Ruhe bei uns in Oberstedten so derartig erdrückend, dass man schon froh ist, wenn sich Mitarbeiter der Stadtwerke lautstark an der Kanalisation zu schaffen machen. Wahrscheinlich werden sie sogar von höchster Stelle angewiesen, wichtige, unaufschiebbare Arbeiten vorzutäuschen. Der Einsatzleiter sagt: »Es wird höchste Zeit, mal wieder nach Oberstedten zu fahren, nehmt das ganze laute Zeug mit, den Trennschleifer, den Presslufthammer und den Rüttler, und benutzt alles gleichzeitig, sonst dreh'n die mir da oben noch durch.« Dann werden alte Rohre ausgegraben und neue Rohre eingegraben und nach ein paar Wochen werden die neuen wieder rausgeholt und durch die alten ersetzt, nur damit uns die Ruhe in unserem Viertel nicht zu stark aufs Gemüt schlägt.

Vielleicht bin ich aber auch nur ein besonders schlechter Beobachter. Schräg gegenüber sind neue Nachbarn eingezogen, deren blickdichten Jalousien auch mein Habicht-Fernglas nichts entgegenzusetzen hat. Gut möglich, dass die beiden den ganzen Tag in Latexanzügen durchs Haus laufen. Vielleicht schlafen sie auch tagsüber in Särgen mit Muttererde. Das sind aber nur haltlose Spekulationen, denn beweisen lässt sich nichts, in unserem Viertel regiert eine geradezu bedrohliche Beschaulichkeit. Seit einigen Wochen aber ist das anders, da herrscht eine gewisse Unruhe in unserem Viertel. Schuld daran ist eine Verunreinigung der Gehwege. Gerade in ruhigen Vierteln hält sich jeder zweite Bewohner einen Hund, damit sich irgendjemand freut, wenn er das Haus betritt. Das Innenleben dieser Hunde besteht hauptsächlich aus einem sehr komplizierten Mechanismus, der die Wedelbewegungen des Schwanzes erzeugt und die Bellgeräusche hervorbringt. Der Rest des Hundes ist bis zum Rand mit Scheiße gefüllt.

Die muss der Hund in regelmäßigen Abständen ausscheiden, um Platz für neue zu schaffen. In heruntergekommenen Stadtteilen voller Prekariatsbewohner mit Kampfhundrudeln kann es oft schwierig werden, noch einen kotfreien Pfad auf dem Bürgersteig zu finden, aber hier in unserem ruhigen, beschaulichen Viertel räumen die Hundebesitzer sofort hinter ihren Tieren auf, so dass nur ganz selten Grund zum Ärger besteht. Jeder läuft mit einer Plastiktüte hinter seinem Hund her. Vergisst er die Tüte, fängt der Hund an zu winseln und rührt sich nicht von der Stelle. Die Hunde in unserem Viertel sind auf diese Tüten konditioniert. Der Hund ist ja das einzige Tier, das freiwillig eine gewisse Nähe zum Menschen sucht und das deshalb auch als bester Freund des Menschen gilt. Wahrscheinlich hofft er, dadurch evolutionär weiterzukommen und glaubt, wir würden ihm das Geheimnis des Feuermachens verraten. Das wird wohl noch etwas dauern, aber er hat den Menschen schon so weit, dass er die Scheiße hinter ihm aufsammelt.

In diesem Falle aber schien dieser Mechanismus nicht mehr zu funktionieren, deshalb wunderten wir uns über die recht umfangreichen Haufen, die die Gehwege unseres Viertels bedeckten. Daneben lag immer ein Papiertaschentuch, wohl um den Haufen zu kennzeichnen. Man versucht ja unwillkürlich aus Größe, Umfang und Konsistenz oder sagen wir Textur des Haufens Rückschlüsse auf das Tier zu ziehen, in dem sich die Scheiße zuvor befunden hat, aber diese Haufen gaben nicht nur mir, sondern auch anderen Bewohnern des Viertels ein Rätsel auf, bis endlich eine ältere und kotkundige Nachbarin erklärte: »Das sind keine Hundehaufen!« Obwohl es uns innerlich stark widerstrebte, mussten wir der Wahrheit ins Auge schauen: Der Verursacher, besser gesagt, der Produzent der Haufen, war humanoiden Ursprungs. Wie sich nach einigen Recherchen herausstellte, ging er seiner Beschäftigung schon länger nach, bisher allerdings in anderen Straßen, diese Ecke des Viertels war anscheinend neu zu seinem Revier gekommen. Tatsächlich handelt es sich ja bei diesem Vorgang um so etwas wie »sein Revier markieren«. Im Verdacht stand ziemlich schnell der Zeitungsausträger.

Die Haufen bildeten sich irgendwann zwischen drei und sechs Uhr und da sind normalerweise nur Zeitungsausträger unterwegs. Vor allem regelmäßig unterwegs. Zeitungsausträger haben auch immer einen Bezirk, wobei ich aber noch nie gehört hatte, dass ein Zeitungsausträger seinen Bezirk mit Scheiße markiert. In unserem Viertel gibt es zwei Austräger, einen für die *FAZ* und einen für die *Welt*. Wem würde man so etwas am ehesten zutrauen? Scheißt der *FAZ*-Bote auf den Bürgersteig oder klingt das nicht doch viel eher nach einem *Welt*-Zusteller? Ist das möglicherweise eine Einstellungsvoraussetzung, wenn man *FAZ*-Bote werden möchte? »Schulze, ich will, dass Sie das ganze Viertel mit Zeitungen zuscheißen, ist das klar?«

Seit der unheimliche Kotabsonderer umgeht, ist Bewegung in unser Viertel gekommen. Wir reden häufiger miteinander und diskutieren Gegenmaßnahmen. Eine Zeitlang überlegten wir, Wachen aufzustellen. Allerdings kommt der Revierkennzeichner ziemlich unregelmäßig.

Es könnte sein, dass man Wochen umsonst in einem kalten Kofferraum oder einer Streusandkiste lauert und er markiert währenddessen ganz andere Ecken. Wir erwogen, Kotproben zu nehmen und das ganze Viertel durchzutesten, und wir überlegten, warum jemand so etwas tut. Ist es ein Protest gegen die verlogene Ruhe in unserem Viertel? Neidet er uns unsere Doppelhaushälften oder will er sagen: Ich scheiß auf euren Besitz?

Es ist wichtig, die Motive des Mannes zu begreifen. Dass es ein Männchen sein muss, ist jedem in unserem Viertel klar, aber wie nennt man sein Verhalten eigentlich?

Haben wir es mit einer stadtteiltypischen Erkrankung zu tun, so einer Art Oberstedtener Inkontinenz? Wir begannen, uns näher mit dem Thema zu beschäftigen, und bald machte das Wort Koprophilie die Runde. Damit bezeichnet man Lustgewinn durch menschlichen Kot, eine Unterform der Exkrementophilie. Weitere Nachforschungen machten uns mit der »Bristol-Stuhlformen-Skala«, der »Bristol Stool Scale« von Heaton und Lewis bekannt, und daher können wir sagen, dass die Ausscheidungen eindeutig dem Typ 3 zuzurechnen sind »Wurstartig mit rissiger Oberfläche«. Typ 4 wäre »wurstartig mit glatter Oberfläche« und Typ 5 »einzelne, glattrandige Klümpchen, leicht auszuscheiden«.

Doch das half uns nicht weiter. Vielmehr interessierte uns die Antwort auf die Frage: Was würden wir tun, wenn wir das Schwein dabei erwischen, und wie schafft er es tatsächlich immer nachts zwischen drei und fünf müssen zu können? Das ist doch menschenunmöglich.

Je mehr man darüber nachdenkt, desto mehr muss man darüber nachdenken. Könnte der Vorgang religiöse Ursachen haben? In der ethnologischen Fachliteratur sind viele Fälle bekannt, in denen Exkremente bei kultischen Handlungen verwendet werden, man hat das beispielsweise bei den Indianern Nordamerikas beobachtet. Ein Freund erzählte mir mal, dass es in Shanghai, ja, in ganz China durchaus üblich ist, sich auf der Straße zu entleeren. Aber in unserem Viertel leben keine Chinesen und auch keine Indianer. Allerdings ein Holländer. Seine Frau ist Managerin in einer nahegelegenen Zwiebackfabrik. Ich bezweifle aber, dass das für einen Anfangsverdacht ausreicht. Vor ein paar Tagen fand sich ein Papiertaschentuch und das, was es ankündigte, im Blumenbeet neben dem Weg, der zu unserer Haustür führt. Nach einer kurzen Inspektion des Tatorts fiel mir auf: Es handelte sich wie üblich um Typ 3 und es gab keine Fußspuren im Beet. Die hätten aber sichtbar sein müssen, wenn der unheimliche Koprophile sich dort erleichtert hätte.

Da wurde mir klar: Er bringt die Scheiße von zu Hause mit. Er scheißt sich dort einen Vorrat zusammen und verteilt ihn in unserem Viertel. Sehr wahrscheinlich hat er zu Hause einen Plan hängen, auf dem er die Ablageplätze mit Stecknadeln markiert hat. Montags Bussardweg, dienstags Adlerstraße, mittwochs Fichtenstraße. Eine beängstigende Vorstellung. Nachts läuft hier jemand mit den Taschen voller Scheiße herum. Aber wer? Der *FAZ*-Zusteller? Der *Welt*-Bote? Der Holländer? Oder alle drei bzw., Moment mal, alle Bewohner des Viertels? Rührt daher etwa die eigentlich höchst verdächtige Ruhe, die hier herrscht? Weil unsere Nachbarn den ganzen Tag damit beschäftigt sind, sich für ihre nächtlichen Umtriebe vorzubereiten?

Plausibler scheint mir die Theorie von Frau Breitenstein aus der 10a, sie meint, da sei wohl jemand am Werk, der uns erstmal moralisch zermürben will, um dann billig unsere Häuser aufzukaufen. Also ein Makler. Aber wahrscheinlich hat doch Frau Tippmann aus dem Reihenendhaus gegenüber recht, sie erklärte mir: »Schuld an dieser ganzen Sauerei ist bestimmt eine Drückerkolonne.«

## Auf Hamster-Tour

Meine Mutter ruft mich an, weil Tante Margot sie angerufen hat. Und Tante Margot hat angerufen, weil sie »alles in ein Paket gepackt« hat. Das könne ich jetzt abholen. Wir sind eine Familie von Paketpackern. Wir können den zerbrechlichsten Gegenstand so in einem Paket verstauen, dass er sicher von Wittenborn bis nach Bielefeld kommt oder von Bielefeld nach Oberursel und umgekehrt natürlich auch. Mir hat das Paketpacken niemand wirklich beigebracht, aber ich habe als Kind oft zugeguckt und natürlich jede Menge Pakete und Päckchen ausgepackt. Es gibt zwei verschiedene Packtechniken, die Schnür- und die Klebschule. Ich gehöre eindeutig der Klebschule an. Meine Pakete bestehen zu 90 Prozent aus Paketklebeband, es ist der Werkstoff, dem ich zutiefst vertraue. Ich nehme auch auf Urlaubsreisen immer eine Rolle Paketklebeband mit, selbst wenn ich von Terroristen durchsiebt würde, könnte ich mich damit zusammenflicken. Meine Tante und meine Mutter gehören der Schnürschule an, sie können ein Paket, das sie gerne auch in Packpapier eingeschlagen, sehr kunstvoll mit kompliziert verschlungenen Bindfäden einspinnen. Beide besitzen einen Holzgriff, mit Drahthaken, in den sie das Paket einhängen und sicher zur Post bringen. Wenn es denn eine Post in der Nähe gäbe. Meine Mutter hat ihre Wohnung ursprünglich mal deshalb ausgesucht, weil eine Post in 200 m Entfernung war. Die wurde dann kurz nach ihrem Einzug geschlossen und die nächsten Filialen rückten unerbittlich immer weiter von ihr ab, so dass sie jetzt eine halbe Stunde mit dem Bus fahren und dann mit dem

Rollator die A2 überqueren müsste, um dort in einen anderen Bus zu steigen, der sie immerhin direkt vor der Hauptpost absetzt. Weil meiner Mutter das zu umständlich ist, fahre ich jetzt zu Tante Margot und bringe ihr ein Adventsgesteck mit, das meine Mutter Tante Margot früher im Paket geschickt hätte. Ich führe nicht nur dieses Adventsgesteck mit mir, sondern auch einen leeren Koffer, den ich bei Tante Margot mit selbst gemachten Marmeladen, Kuchen, Kaffee, Schinken und Sauerfleisch füllen soll.

Die Fahrt von mir zur Kofferbefüllstation dauert knapp sechs Stunden, es ist auch eine Reise zurück in meine Kindheit. Es geht mit dem ICE von Frankfurt nach Hamburg, dann mit dem Regionalexpress nach Bad Oldesloe und von dort mit der Nordbahn nach Bad Segeberg. Dort muss ich den leeren Koffer in den Bus Nummer 7600 wuchten, wo der Fahrer staunend meine BahnCard 100 in Händen hält. »So was sieht man hier nur ganz selten«, sagt er ergriffen und mehrere Fahrgäste wollen unbedingt auch mal einen Blick darauf werfen. Zehn Minuten später stehe ich an der B206 und muss noch zehn Minuten zu Fuß bis zur Seestraße laufen. Wie der Straßenname schon andeutet, gibt es in Wittenborn einen Badesee, an dem ich die Sommer meiner Kindheit verbracht habe. Ich erinnere mich, dass er ziemlich trübe war und dass man tief in einer Art Morast versank. Außerdem wurde ich jeden Sommer von einer Wespe gestochen, es war wohl immer dieselbe. Ich zog ein knallrotes Plastikboot an einem Bindfaden hinter mir her durchs Wasser und weinte, wenn es im Morast dreckig wurde. Mein Cousin Dieter, der Sohn von Tante Margot, lachte und sang: »Hans hat Hosen an und die sind bunt.« Ich ärgerte mich darüber, weil meine Hosen gar nicht bunt waren.

Nach dem Mittagessen besuchte ich immer Tante Lene, die mit einem alten Dackel zusammen in einem sehr niedrigen Häuschen wohnte, das sich in meiner Erinnerung sehr tief in einen Berg hinein erstreckte. Der Dackel bestand zu 85 Prozent aus Warzen und warzenähnlichen Ausstülpungen, aber den Kopf konnte man streicheln. Tante Lene machte beim örtlichen Lebensmittelladen sauber und schaute allgemein nach dem Rechten. In der Mittagspause ging sie mit mir in den Laden und ich durfte mir irgendetwas aussuchen. Keine Ahnung, wie sie das später abgerechnet hat. Tante Margot hat einen Silberblick, was ich jetzt nur sage, weil ich nicht weiß, wie man Silberblick steigert, sie hat jedenfalls mindestens einen Goldblick. Ich weiß nicht, was sie sieht, und ich weiß nicht, in welches Auge ich gucken muss. Mein Cousin, ihr Sohn, ist inzwischen gestorben. Ich fühle mich nicht schuldig an seinem Tod, obwohl die Sache mit den bunten Hosen unser Verhältnis immer belastet hat. Zur Konfirmation hatte ich ihm meine damalige Lieblingssingle geschenkt. »Underdog« von Giorgio. Giorgio war Giorgio Moroder und er arbeitete damals mit Michael Holm unter dem Namen »Spinach« zusammen. Ich bereute es später insgeheim, dass ich ihm die Single gekauft hatte, denn ich wusste, dass er nichts damit anfangen konnte.

Ich komme aus einer Familie, in der Kalorien keine Rolle spielten. Es wurde immer sehr fett und sehr süß und sehr reichlich gegessen. Cholesterin halten wir für eine Erfindung der Pharma-Industrie. Von Tante Margot habe ich gelernt, dass man pro Gast eine Torte rechnet. Wenn ich mit ihr zu zweit Kaffee trinke, dann stehen da zwei Torten und natürlich diverse Reste von früheren Torten. Es wäre nicht nur unhöflich, hier nicht beherzt zuzugreifen, es wäre bescheuert. Tante Margot ist 88

Jahre alt, meine Mutter 93, ich bin 59 und hatte schon einen Schlaganfall, aber nicht wegen der Kuchenfresserei, mein Vetter ist, wie gesagt, längst tot, Menschen wie Tante Margot werden nicht mehr gemacht.

## Ich habe Superkräfte

Früher habe ich mich oft gefragt, warum meine Eltern geradezu erschreckend normal, unbedeutend und angepasst waren, während ich schon als Kind ganz andere Anlagen zeigte. Erst als Erwachsener wurde mir klar, dass ich ursprünglich vom Planeten Krypton stamme. Meine wirklichen Eltern haben mich in einer Raumkapsel auf die Erde geschickt, als sie merkten, dass ihr Heimatplanet draufgeht. Ich trug eine blaue Breitcordhose und einen gelben Pullover mit V-Ausschnitt, das war üblich auf Krypton und das ist wohl auch der Grund, warum der Planet untergegangen ist. Meine Eltern waren natürlich nicht die einzigen, die den Untergang vorhersahen, viele Familien, die es sich leisten konnten, packten ihre Kinder in Raumschiffe und schickten sie auf andere bewohnte Planeten. Soviel ich weiß, kam nur noch ein weiterer Junge von Krypton auf die Erde, er wurde in Kansas in der Nähe von Smallville gefunden und vom Ehepaar Kent großgezogen. Er entwickelte erstaunliche Superkräfte und wurde Journalist.

Mein Leben verlief ähnlich, mein Raumschiff landete allerdings in Ostwestfalen. Das Ehepaar Zippert fand mich auf dem Parkplatz einer Steinhägerfabrik und nahm mich bei sich auf. Ich wuchs in Bielefeld auf und wurde ebenfalls Journalist. Supermann hat mich noch nie jemand genannt, aber ich erinnere mich, dass mich eine Frau mal als Superarsch bezeichnet hat. Es könnten auch noch mehr Frauen gewesen sein. Mein Gedächtnis funktioniert leider nicht so super. Doch zurück zu den Superkräften. Ehrlich gesagt, ich würde auch lieber Flugzeuge aus der Luft holen und Schienen verbiegen können und ich habe es auch mal probiert, doch seitdem habe ich Bandscheibenprobleme. Meine Eltern lagerten unter meinem Kinderzimmerbett eine Schachtel Kryptonit, die ihnen mein Gegenspieler, der teuflische Dr. Oberwahrenbrock, zur Aufbewahrung gegeben hatte. Sie wussten nicht, dass sie mir damit meine Supersuperkräfte raubten. Doch dafür sind mir viel bessere Superkräfte geblieben.

Heutzutage kommt es nicht darauf an, Schnellzüge mit einer Hand zu stoppen, das macht die Bahn schon selber. Der Supermann des 21. Jahrhunderts ist ein Held des Alltags, er schafft es, beim Telefonanbieterwechsel die alte Nummer mitzunehmen oder eine Blisterverpackung ohne Blutbad zu öffnen. Ich habe beispielsweise noch niemals Mahngebühren bezahlt. Das liegt daran, dass ich die erstaunliche Fähigkeit habe, Rechnungen sofort zu begleichen. Außerdem finde ich auf jeder Speisekarte sofort das beste Gericht, oft sogar die einzige essbare Speise, eine Fähigkeit, die mir oft das Überleben gesichert hat. Leider glauben andere Menschen meinen Empfehlungen nicht immer und bestellen doch das Schnitzel. In der Bahn bekomme ich immer einen Sitzplatz, egal zu welcher Tageszeit ich unterwegs bin und egal wie schlafend sich jemand stellt. Und ich weiß im Voraus, wer die größten Krawallschachteln sein werden. Ich sehe voraus, dass die unscheinbare Dame, die völlig harmlos »Der Hundertjährige, der aus dem Fenster stieg« liest, gleich einen Anruf erhalten und dann alle im Umkreis von zehn Metern eine halbe Stunde zu Tode nerven wird. Ich setze mich neben einen sehr dicken Mann, der Sudokus löst, der zwar ein Viertel meiner Sitzfläche beansprucht, aber dafür nicht telefonieren wird. Meine größte und wichtigste Superkraft entfaltet sich bei Ikea. Ich habe nämlich die außergewöhnliche Fähigkeit, nicht durch die Möbelabteilung im 1. Stock laufen zu müssen, um zwei Stunden und sechs Kötbullar später die Duschvorhänge im Selbstbedienungsbereich im Erdgeschoss zu erreichen. Da ich weiß, wo die Nordwestpassage bei IKEA ist, gehe ich direkt in die Badabteilung, greife mir den Bokvik-Duschvorhang und bin in drei Minuten wieder draußen. Ich kann das aber auch mit jedem anderen Artikel, dadurch habe ich bestimmt mehrere Wochen wertvoller Lebenszeit gewonnen, die ich zur Rettung der Menschheit gewinnbringend einsetzen kann.

# Rieckesmann

Rieckesmann ist gerade gestorben und steht erwartungsvoll vor der Himmelstür. Da kommt Petrus heraus und wundert sich: »Rieckesmann, was willst du denn hier?« »Ich will in den Himmel, Petrus!« »Das wollen sie alle«, brummt der Heilige und zieht mürrisch ein Notizbuch aus seinem Gewand. »Also, Rieckesmann, nenn mir nur einen vernünftigen Grund, warum wir ausgerechnet dich in den Himmel lassen sollten!« »Tja, äh«, stottert Rieckesmann, »ich dachte, das wüsstet ihr am besten, ich meine ...« »Wir haben hier oben wirklich Wichtigeres zu tun, als einem Würstchen wie dir bei der Metastasenbildung zuzukucken«, entgegnet St. Petrus ungerührt, »ich höre, Rieckesmann!« »Na gut, also, ich habe meine Krankheit ohne zu klagen erduldet, äh quasi auf mich genommen.« »Du hast gequiekt wie eine Sau auf der Schlachtbank, man konnte dich bis hier oben hören, aber Dickdarmkrebs ist natürlich auch sehr unschön, da soll man ja praktisch innerlich platzen, hab ich mal gehört, tja, also das war wohl nichts.« »Ich habe meine alte Mutter bei mir aufgenommen und bis zu ihrem Lebensende gepflegt, das müsste eigentlich reichen«, ereifert sich Rieckesmann. »Es wäre wohl besser gewesen, die alte Krawallschachtel ins Heim abzuschieben, dann hättest du mehr Zeit gehabt, dich auf den Himmel vorzubereiten.« »Das ist eine bodenlose Frechheit«, schreit Rieckesmann, »ich habe immer nach Gottes Geboten gelebt und mir nie etwas zuschulden kommen lassen, dafür will ich gefälligst in den Himmel!« »Kann ich mir lebhaft vorstellen«, schmunzelt Petrus, »aber Gottes Gebote, die musst du nicht unbedingt wörtlich nehmen, wir sehen das auch nicht allzu eng. Also spiel dich nicht so auf. Sag mir lieber, ob du alle Folgen von ›Der Doktor und das liebe Vieh‹ gesehen hast.« »Die ersten Folgen hab ich gesehen, aber danach war es doch sowieso immer nur das Gleiche ...« »Wie kannst du es wagen, du Wurm, dich an einer der heiligsten Sendungen zu vergehen, wie kannst du dann erwarten, in den Himmel zu kommen?« »Wenn ich gewusst hätte, dass es darum geht ...« »Tja, Rieckesmann, Gottes Wege sind eben unerforschlich, gleich die nächste Frage: Von welcher Frau wurde Paul McCartney zum ersten Mal im Film geküßt?« Jetzt wird es Rieckesmann aber endgültig zu bunt. »Wenn das so ist, dann will ich gar nicht mehr in den Himmel, so ein Blödsinn, das ist doch vollkommen sinnlos, außerdem wurde Paul McCartney in den Beatles-Filmen ständig abgeknutscht, in ›A Hard Day's Night‹ und in, äh, na, ›Help‹ ...« »Deutscher Verleihtitel ›Hi-Hi-Hilfe‹«, ergänzt eine tiefe wohlklingende Stimme. In seiner Aufregung hat Rieckesmann gar nicht bemerkt, dass sich die Himmelstür geöffnet hat und Gott persönlich auf den Plan getreten ist. »Mensch, Rieckesmann, du Riesenarschloch, was machst du denn für einen Lärm? Wir sind hier im Himmel und nicht in der Judenschule!« Petrus kugelt sich vor Lachen auf dem Boden, und auch Gott kann sich ein Schmunzeln über sein eigenes Bonmot nur schwer verkneifen, aber schnell wird er wieder ernst: »Natürlich wurde er in den Beatles-Filmen nie geküsst, das ging doch überhaupt nicht, wegen der weiblichen Fans. Die richtige Antwort wäre gewesen: Tracy Ullmann im Video-Clip zu ›They Don't Know‹. Du hättest es auf MTV sehen können, ich habe diesen Sender schließlich persönlich geschaffen, damit du etwas lernst, Rieckesmann!« »Aber, aber, Gott,« stammelt Rieckesmann verzweifelt. »Das heißt Gottvater oder Lieber Gott, merk dir das, du Sackgesicht«, weist ihn Petrus zurecht. »Geh bitte etwas zartfühlender mit ihm um, Petrus. Auch als ich Rieckesmann schuf, habe ich mir etwas dabei gedacht, ich, äh, weiß allerdings momentan nicht mehr so genau was, auf jeden Fall verdient er eine Chance. Hier, mein Sohn, ich lasse dich einen Blick in den Himmel werfen, damit du siehst, dass es sich lohnt und du dich etwas mehr anstrengst.« Gottvater öffnet die Himmelstür einen Spaltbreit und lässt den ungläubigen Rieckesmann hineinschauen. Drinnen wimmelt es von wunderschönen Menschen, Schuhputzautomaten und Softeismaschinen. Die Männer tragen Armani Anzüge und der himmlische Chor wird von Mozart persönlich dirigiert. »Das klingt aber merkwürdig ...«, wundert sich Rieckesmann. »Das ist göttliche Musik, du Kretin! Von meinem Lieblingskomponisten Roy Black!« Rieckesmann beschließt, demnächst den Mund zu halten, denn die Softeismaschinen und auch die Schuhputzautomaten haben ihm schon eingeleuchtet. Da erscheint plötzlich ein neuer Himmelskandidat auf dem Plan. Mit ausgebreiteten Armen geht Gott auf ihn zu, gibt ihm die Hand und klopft ihm auf die Schultern. Daraufhin drückt ihm der Mann ein dickes Bündel Geldscheine in die Hand und wird sofort in den Himmel gelassen. »Moment mal«, schreit Rieckesmann, »war das nicht Saddam Hussein?« »Gut beobachtet«, muss sogar Petrus zugeben. »Ja, aber, wie kann denn so ein Teufel in Menschengestalt in den Himmel kommen, der Mann hat doch Tausende auf dem Gewissen?« »Da hat Rieckesmann eigentlich recht«, nickt Gott. »Dieser Saddam glaubt ja noch nicht mal an mich, er betet ständig zu Allah, vielleicht sollten wir ihn doch runterschicken, was meinst du, Petrus?« »Besser nicht, Chef, schließlich hat der Mann gerade 3,4 Millionen Dollar für den Himmel bezahlt.« Rieckesmann würde am liebsten auf der Stelle tot umfallen. Leider ist er schon tot, und so packt er Gott am Kragen: »Ich glaube es einfach nicht! Wenn man nur gut genug bezahlt, kommt man in den Himmel?« »Jaja, so ist das hier geregelt, irgendwie müssen wir den Laden auch finanzieren. Du hast ja selbst gesehen, wie aufwendig ich den Himmel gestaltet habe.« »Mein Gott, dann sind also die schlimmsten Kreaturen alle im Himmel? Hitler zum Beispiel?« »Ist hier!« »Und Stalin?« »Auch!« »Albert Schweitzer?« »Der Urwaldarzt? Der ist, wenn mich nicht alles täuscht, auch im Himmel.« »Und Honecker?« »Der nicht, der hatte doch nur Ostmark.« »Und du, Rieckesmann, was hast du so dabei?«, mischt sich Petrus wieder ein. Rieckesmann kramt in seinen Taschen und fördert schließlich 204,56 Mark zutage. »Und meine EC-Karte«, schreit er triumphierend. »Die hat deine Frau längst sperren lassen, nützt dir also gar nichts«, weist ihn Gott zurecht. »Das darf doch wohl nicht wahr sein«, kreischt Rieckesmann mit sich überschlagender Stimme. »War denn mein ganzes gottgefälliges Leben umsonst?« Da baut sich Gott noch einmal ehrfurchtgebietend vor ihm auf, packt ihn am Schlawittchen und dröhnt: »Umsonst, mein lieber Rieckesmann? Umsonst ist doch nur der Tod!« Nach einer geraumen Weile, Rieckesmann, der von Weinkrämpfen geschüttelt wird, mag es wie eine Ewigkeit vorgekommen sein, öffnet sich wieder das Himmelstor, und Gott winkt Rieckesmann zu sich heran: »Pssst, komm' mal her, Rieckesmann. Eigentlich bist du ja kein schlechter Kerl, ich meine, du bist andererseits auch nicht gerade die Krone der Schöpfung. Wenn ich dich so anschaue, verstehe ich sowieso nicht, warum ich etwas derart Unansehnliches erschaffen konnte, wo ich solche Wunder wie Tracy Ullmann vollbracht habe. Weißt du,

Rieckesmann, das Problem mit dir ist, dass du dich gar nicht richtig an meiner Schöpfung erfreust. Du begreifst dieses hochkomplizierte, aber gleichzeitig auch wunderschöne Werk gar nicht in seiner Gesamtheit. Es geht eben nicht nur um Schmetterlinge, putzige Rehkitze und uralte Bäume. Natürlich sind mir die Dolomiten hervorragend gelungen, die Vogesen, Bielefeld und London, nein, das mit Bielefeld war nur ein Witz, aber die Schöpfung geht ja noch weiter, ich bin an allem, was es gibt, direkt oder indirekt beteiligt, das musst du dir einfach klarmachen. Bei manchen Dingen kümmere ich mich persönlich um die Erschaffung, und daraus entstehen dann wieder neue Gebilde, mit denen ich eigentlich nichts zu tun habe. Der 1967er Chablis beispielsweise war mein Werk, aber der '68er und der '69er nicht. Ich bin der Ansicht, das schmeckt man auch, genauso wie wohl jeder begreifen wird, dass ich mit der Erschaffung von ›Mars‹ und ›Nuts‹ nicht das Geringste zu tun hatte, aber ›Milky Way‹ und ›Snickers‹ sind meine Geschöpfe. Und wenn du dich fragst, warum ›Raider‹ heute ›Twix‹ heißt, dann nur, weil ich es so wollte. Das Fernsehen habe ich selbstverständlich auch zu verantworten, weil ich nach einer geeigneten Form suchte, meine Botschaften möglichst weiträumig zu verbreiten, aber natürlich konnte ich mich nicht mit jedem einzelnen Fernsehbeitrag auf der Welt befassen. ›The Avengers‹ ist bis einschließlich der dritten Staffel von mir, der deutsche Titel ›Mit Schirm, Charme und Melone‹ ist dagegen ein Werk des Satans. ›Solo für O.N.K.E.L., Nr. 6‹ und ›Hiram Holiday‹ tragen natürlich auch meine Handschrift. Ich muss zugeben, dass ich mich danach nur noch sporadisch um diese Fernsehgeschichten gekümmert habe, tatsächlich gibt es zurzeit nur zwei Serien, die meine Botschaft verbreiten, nämlich ›Alf‹ und ›Northern Exposure‹, ihr habt es ›Ausgerechnet Alaska‹ genannt. Hättest du nur fünfzig Folgen davon gesehen, die Seligkeit wäre dir trotz deines Geldmangels sicher gewesen, die Fernbedienung ist der Schlüssel zum Himmelreich, aber du wusstest ihn nicht weise zu gebrauchen.« »Und was ist mit der Lindenstraße?«, will Rieckesmann wissen. »Tja, das ist Petrus' Werk, dazu will ich lieber nichts sagen.« Gott seufzt tief auf und schaut versonnen in die Ferne. Rieckesmann steht wie versteinert und bringt kein Wort heraus. »Hast du jemals die Tracy Ullman-Show gesehen? Ich hatte sie für dich von RTL ausstrahlen lassen, allerdings sehr schlecht synchronisiert, aber das hat die Qualität nicht beeinträchtigt. Weißt du, dass ich alle Geheimnisse meiner Schöpfung in dieser Serie offenbart habe? Ach, natürlich weißt du es nicht, weil du dir lieber diesen Schuhverkäufer angeschaut hast, aber Rieckesmann, das will ich gleich klarstellen, hier oben gibt es keine Möglichkeit, ›Eine schrecklich nette Familie‹ zu sehen, obwohl ich vor kurzem ›Video on demand‹ eingeführt habe, aber, was ich eigentlich sagen wollte, Rieckesmann, hast du dir wenigstens regelmäßig ›Glücksrad‹ angeschaut? Mit Peter Bond und Maren Gilzer? Ich glaube, das ist wirklich mein großartigstes Werk, weißt du, dass Petrus und ich oft selber mitspielen, natürlich verkleidet, und ich muss mich beim Buchstabenraten stark zurückhalten, ich bin ja leider allwissend, und da hat mir dieser verdammte Petrus doch tatsächlich einmal die Sonnenbank, das 126-teilige Rosenthal-Service und das Schnellkochtopfset vor der Nase weggeschnappt, ich meine, das war natürlich auch alles Teil meines göttlichen Plans, aber geärgert habe ich mich dann doch.« Gott muss wieder laut seufzen und in die Ferne blicken, während Rieckesmann ihn unverhohlen angewidert betrachtet. Aber in den Himmel will er trotzdem, doch wie soll er das anstellen, denn natürlich kann er sich denken, dass Gott ganz genau weiß, dass er am liebsten die ›Hobbythek‹ mit Jean Pütz und die ›Vierschanzentournee‹ gesehen hat. »Jaja«, unterbricht Gott Rieckesmanns Gedankengänge. »Du hättest wirklich nicht dauernd die ›Hobbythek‹ gucken sollen, weißt du, es ist einfach vermessen zu glauben, man könnte alles selber machen und dabei auch noch Geld sparen, das ist Hybris! Dieser Jean Pütz ist in Wirklichkeit ein Sendbote der Hölle, mein lieber Rieckesmann, du wirst es merken, wenn du erstmal unten bist. Dann kannst du den ganzen Tag basteln, basteln, basteln!« Rieckesmann muss wieder an die Schuhputzautomaten denken und bricht fast zusammen. Er will nicht in die Hölle. Den ganzen Tag Jean Pütz, das ist zu viel. Gott hat sich inzwischen von ihm abgewandt und bereits die Klinke der Himmelstür in der Hand. Rieckesmann weint wie ein kleiner Junge. Er liegt auf den Knien und fleht Gott mit gefalteten Händen um Gnade an. »Aber, aber, Gottvater, dein Sohn, der ist doch für alle unsere Sünden gestorben, oder etwa nicht?« »Du meinst Jesus? Das stimmt, der ist damals tatsächlich für alle Sünden aller Menschen gestorben ...« »Na also«, schreit Rieckesmann, »dann ja wohl auch für meine!« »Denk doch mal nach, Rieckesmann«, schüttelt Gott nachsichtig den Kopf. »Wann hab ich euch denn meinen Sohn geschickt? Das ist zweitausend Jahre her. Und als er starb, ist er natürlich nur für die Sünden gestorben, die es damals gab ...« »Aber du hast doch nie etwas geändert an den zehn Geboten, da konnten doch gar keine neuen Sünden dazukommen«, versucht es Rieckesmann jetzt juristisch. »Rieckesmann, du Schaf, bei dieser ganzen Kreuzigung ging es nur um die bis dahin begangenen Verstöße, und neue Gebote brauchte ich gar nicht zu erlassen, denn die alten reichten nach wie vor aus. Ich habe hier beispielsweise einen Brief aus deinem Nachlass, und dem entnehme ich, dass du ›Word 6.0 für Windows‹ benutzt, übrigens ein ganz hervorragendes Textverarbeitungssystem, mit eingebautem Gottesbeweis, allerdings nicht in der MS DOS-Version, wo war ich, Rieckesmann, ach ja, woher hattest du eigentlich diese vorbildliche Software?« Rieckesmann ist noch etwas blasser geworden, aus seiner Kehle dringt nur noch ein heiseres Krächzen. »Jajajaja, es war dir einfach zu teuer, mein schönes Word 6.0, und da hast du dir einfach eins von deinem Arbeitskollegen Manfred Bredenkötter auf die Festplatte knallen lassen, stimmt's? Rieckesmann, Rieckesmann, nennst du das etwa ein gottgefälliges Leben? Denkst du, ich habe die ganze gottverdammte Softwareindustrie erschaffen, damit ein mieser metastasenübersäter Geizhals wie du sie um ihren wohlverdienten Profit betrügt? Und kommt dir deine Handlungsweise nicht besonders niederträchtig vor, wenn du bedenkst, dass du die Möglichkeiten des Programms höchstens zu 10% ausgenutzt hast? Oder hast du jemals die Schaltfläche ›Einzug vergrößern‹ angeklickt?« Natürlich hat Rieckesmann die niemals angeklickt, und er hat auch nie andere Schriften als Arial und Times New Roman verwendet. Er begreift, dass die himmlische Glückseligkeit für ihn wohl verloren ist, aber kampflos will er nicht aufgeben. Er holt tief Luft, um sich noch ein letztes Mal mit Gott anzulegen, doch der kommt ihm zuvor: »Ich weiß schon, was du sagen willst, aber wusstest du eigentlich, wie du dir den Krebs geholt hast, an dem du gerade gestorben bist?« »Na, die Umweltverschmutzung und die ballaststoffarme Ernährung ...« »Blödsinn, Rieckesmann, schuld daran war der Virus, den ich auf Bredenkötters Disketten versteckt hatte, und den nur du aktivieren konntest.« Rieckesmann muss heftig schlucken, doch dann hat er plötzlich Oberwasser. »Da habe ich die Strafe für meine Sünden ja schon zu Lebzeiten bekommen ...« Aber Gott lässt sich nicht so einfach überfahren. »Die Rache ist nun mal mein, das weißt du, aber deine Sünden sind damit noch lange nicht abgegolten. Kleine Zwischenfrage: Wie heißen die beiden Mitglieder der Monkees, die tatsächlich ein Instrument spielen konnten, und wer hat das Tipp-Ex erfunden?« Gott wartet gar nicht erst, bis Rieckesmann wieder sein beleidigtes Gesicht aufgesetzt hat, sondern gibt die Antwort gleich selbst: »Peter Tork und Mike Nesmith, und dessen Mutter hat auch Tipp-Ex erfunden. Stell dir das vor, Nesmith hätte nie in seinem Leben auch nur einen Finger krumm machen müssen. Stattdessen hat er Gitarre spielen gelernt, bei den Monkees mitgemacht und eine Reihe sehr gottgefälliger Soloplatten aufgenommen. Du kannst dir bestimmt denken, dass Mike Nesmith sofort in den Himmel kommen wird, wenn ich mir erlauben werde, ihn abzuberufen. Nun gut, was machen wir in der Zwischenzeit mit dir?« Ratlos kratzt sich Gott am Kopf. Nach einer Weile, dem frömmelnden Rieckesmann wird es wohl wie üblich wie eine Ewigkeit vorgekommen sein, räuspert er sich: »Äh, Rieckesmann, was sagtest du, wie viel hast du dabei?« »Z-z-z-weihhuhundertu-u-und-vier Mark u-u-und sechsundfünfzig Pfennige ...« stottert Rieckesmann. »Das ist wirklich nicht viel, aber für so ein Häufchen Elend wie dich reicht es gerade. Und die Sperrung deiner EC-Karte lass ich von hier oben rückgängig machen, deine Geheimzahl kenne ich sowieso, ich hab sie dir ja selbst gegeben. Also, Rieckesmann, Kopf hoch, hör auf zu flennen und willkommen im Himmel!«

# Martin

Wir sind uns wahrscheinlich zum ersten Mal 1979 begegnet. Martin besuchte eine Freundin in der Bielefelder WG, in der ich damals lebte. Ein junger Mann mit langen roten Haaren und wachen, abenteuerlustigen Augen, denen nichts entging. Wir erregten uns damals über einen Nachbarn, der es gewagt hatte, in seinem Schrebergarten die Fahne des Freistaats Bayern zu hissen, eine ungeheure Provokation, wie wir fanden. Wir redeten und redeten, gingen irgendwann ins Bett und am nächsten Morgen lag ein Tuch mit blauweißen Rauten auf unserem Küchentisch. Martin hatte die Fahne in der Nacht kurzerhand eingeholt, das Problem aus der Welt geschafft und uns zu Maulhelden degradiert. Im Dezember war Martin wieder zu Gast und bewunderte einen überlebensgroßen, aufblasbaren Weihnachtsmann in unserer WG-Küche, dem wir an einer Tankstelle in einem unbeobachteten Moment eine Mitfahrgelegenheit geboten hatten. Eine gehörige Portion Sand in den Füßen verhalf ihm zu einer gewissen Standfestigkeit. Wir überlegten, was wir mit dem Monstrum anfangen könnten, und dann entstand die Idee, ein Zeichen gegen den Konsumrausch und die ganze Verlogenheit des Weihnachtsfestes zu setzen: Der Weihnachtsmann sollte Selbstmord begehen, weil er das alles nicht mehr aushielt. Das fanden wir komisch und entlarvend und wir hätten uns wohl allein an der Idee berauscht, allerdings saß auch Martin mit am WG-Küchentisch und das führte dazu, dass ich am nächsten Abend mit ihm auf dem Dach des Karstadt-Kaufhauses in Bielefeld stand und zwischen uns der riesige luft- und sandgefüllte Weihnachtsmann. Wie wir das Ding in den Aufzug gequetscht hatten und wie wir es geschafft hatten aufs Dach zu kommen, weiß ich nicht mehr. Ich ging hinten und Martin vorne. Wir blickten in die Tiefe, wo in der dicht bevölkerten Einkaufszone unsere Komplizen standen und hektische Zeichen gaben.

Wir führten den Weihnachtsmann bis zur Dachkante und dann sprang er, landete auf dem Vordach von Karstadt, wo die Luft aus ihm entwich. Es gelang uns, ungesehen zu entkommen und noch jede Menge Anklageschriften zu verteilen, in denen der Weihnachtsmann die Gier und Gefühllosigkeit der Menschen und den Kapitalismus allgemein für seinen Selbstmord verantwortlich machte. Die Lokalpresse sprach von einem geschmacklosen Scherz. Ohne Martin würde der Weihnachtsmann wohl heute noch leben, es war seine unbändige Lust an der Aktion und der Provokation, die ihn und uns aufs Karstadt-Dach getrieben hatten.

Kurz darauf rief er aus Berlin an und bat mich, einige Auftritte für die Gruppe »Fliegenpilz« klar zu machen, mit der er auf Tournee war. Er spielte in dem Folk-Rock-Ensemble Mundharmonika, was mich überraschte, denn ich hatte ihn noch nie mit diesem oder irgendeinem Instrument in Verbindung gebracht. Während wir die Details besprachen, erzählte ich ihm, dass wir in der WG gerade Ärger mit Kakerlaken hätten. Das sei überhaupt kein Problem, erklärte Martin, zwei der Bandmitglieder seien Kammerjäger. Der von Martin kunstvoll bemalte Bandbus parkte vor unserem Haus, die Kammerjäger taten ihre Arbeit und am Abend machten sie Musik. Martin hatte nur zwei kurze, aber äußerst eindrückliche Einsätze, er war alles andere als ein Virtuose auf seinem Instrument, aber er besaß eine genaue Vorstellung davon, wie ein Mundharmonikaspieler auszusehen und aufzutreten hatte, jede Faser seines Körpers schien durchdrungen von dieser Vision und so wirkte er an diesem Abend überzeugender als die anderen Musiker, die ihre Instrumente tatsächlich beherrschten.

Es war undenkbar, dass man Martin einfach nur so besuchte, um zu reden, es geschah immer etwas. Kaum hatte man beispielsweise das Café Barrikade im Wedding betreten, wurde man gebeten, ein Flugblatt gegen einen Bausenator zu verfassen, den man gar nicht kannte und dann klingelte das Telefon und wir mussten zu einer spontanen Demo zum Nolli oder zum Stutti, so genau weiß ich das nicht mehr. Wir befanden uns wohl am Ende der Telefonkette, jedenfalls herrschte eine merkwürdige Stille, als wir aus dem U-Bahn-Schacht stiegen. Wir blickten nach rechts und sahen in sehr weiter Entfernung unsere Mit-Demonstranten. Dann sahen wir von links eine Hundertschaft Polizisten auf uns zukommen, sie trommelten mit den Schlagstöcken auf ihre Schilde und sahen aus, als würden sie keine Gefangenen machen. Zu meinem Schrecken schien Martin ernsthaft zu erwägen, sich der Übermacht entgegen zu stellen, doch dann schüttelte er bedauernd den Kopf und sagte ganz ruhig: »Hans, wir müssen rennen.« Und das taten wir dann für die nächsten 30 Minuten. Das war eigentlich das einzige Mal, dass ich ihn vor etwas weglaufen sah.

Von allen meinen Freunden hätte ich bei Martin am wenigsten erwartet, dass er mal sterben könnte, ich habe eigentlich überhaupt nicht damit gerechnet. Er wirkte immer energetisch aufgeladen, war voller Pläne und Ideen, er stand ständig unter Strom, aber in einer guten Art. Es wirkte auf mich unangestrengt, geradezu entspannt, wie er mehrere Leben gleichzeitig führte. Wäre er eine literarische Figur gewesen, dann hätte man ihn als unglaubwürdig empfunden, man hätte gesagt, so viele Facetten kann ein Mensch gar nicht in sich vereinigen, das müsste man auf mehrere Charaktere verteilen. Aber Martin hat wirklich gelebt und er hat jede Herausforderung angenommen, er hat keinen Kampf verloren gegeben. Sein Optimismus war unerschütterlich, seine Kraft anscheinend unerschöpflich. In seiner Anwesenheit schien immer alles möglich. Jetzt müssen wir die Bayernfahnen selber einholen und die Weihnachtsmänner eigenhändig vom Kaufhausdach werfen. Martins unfassbare Energie ist auf einmal freigesetzt und steht nun uns allen zur Verfügung. Wir sollten reichlich von ihr Gebrauch machen, Martin würde das gut gefallen.

## Die Abenteuer der vorgefertigten Vier

*Am 10. Dezember 2021 starb Mike Nesmith, Gitarrist und Komponist der Monkees. Höchste Zeit, ausführlicher an die erstaunliche Sitcom zu erinnern, in der Nesmith eine Hauptrolle spielte.*

Nach den Triumphen von »A hard days night« und »Help« planten die Produzenten Bob Rafelson und Bert Schneider im fernen Kalifornien, die britische Erfolgsformel auf eine US-Fernsehserie anzuwenden. Man wollte die amerikanischen Beatles aus der Retorte erschaffen. Es wurden Musiker gesucht, die auch schauspielern oder eher Schauspieler, die auch ein Instrument bedienen konnten. Ursprünglich war sogar geplant, die Band »Lovin Spoonful« zu verpflichten, bei denen es allerdings an darstellerischen Qualitäten haperte. Also schaltete man diese legendäre Anzeige:

»Ben Frank's« war ein 24-Stunden-Restaurant in West-Hollywood, in dem sich vor allem Angehörige der Beatnik-Szene nachts eine Unterlage verschafften, bevor es auf die Piste ging. 437 »insane boys« meldeten sich zum Interview, unter anderem Stephen Stills und Harry Nilsson. Bis heute hält sich hartnäckig das Gerücht, das auch Charles Manson eine Probe seines Könnens abgeliefert habe, aber der saß zu der Zeit im Gefängnis und war mit 30 Jahren außerdem zu alt.

Am Ende bekamen Davy Jones, Micky Dolenz, Peter Tork sowie Mike Nesmith den Job und traten fortan in 58 Folgen von »The Monkees« in Erscheinung. Die ungewöhnliche Schreibweise wurde aus rechtlichen Gründen gewählt, weil man für »Monkeys« kein eingetragenes Warenzeichen bekommen hätte. Davy, Mike, Peter und Micky spielten vier junge, erfolglose Musiker, die in einem Appartement am Meer zusammenleben und wegen chronischem Geldmangel ständig verrückte Jobs annehmen müssen.

Die knapp halbstündigen Episoden waren rasant geschnitten und machten genau da weiter, wo Richard Lester mit »Help« aufgehört hatte. Mike Nesmith gab den coolen Typ mit Wollmütze, Dolenz war der Clown, Tork der Naive und Jones der Schöne. Tatsächlich zwang der stetig wachsende Ruhm von Davy Jones einen gleichnamigen britischen Musiker schon bald dazu, seinen Namen zu ändern und zwar in David Bowie. Die Monkees bewegten sich nicht nur in großer Nähe zu den Beatles, sondern auch zu den Marx Brothers. Sie schlüpften in irre Kostüme, bewegten sich viel und hektisch mit den verschiedensten Fortbewegungsmitteln und redeten schnell. Die »Monkees« waren, wenn man mal von den »Kleinen Strolchen« absieht, die erste Serie ohne Erwachsene in tragenden Rollen, in der vier langhaarige Jugendliche von einer Katastrophe in die nächste stürzten. Das stellte im konservativen Amerika von 1966 durchaus eine Provokation dar, deshalb musste von Anfang an deutlich werden, dass diese Typen nur spielen und Spaß haben und nicht die Regierung stürzen wollten. Im Eröffnungssong heißt es beschwichtigend: »We're to busy singing to put anybody down«.

Erstaunlicherweise waren die Episoden nicht komplett durchgescriptet, sondern ließen den Darstellern einigen Raum zum Improvisieren, was Mike Nesmith am besten beherrschte. Man kann das sehr schön in den erhalten gebliebenen »Audition-Tapes« sehen, wo er eine für sein Alter erstaunlich abgeklärte und komische Performance abliefert. Schon da trägt er die typische Wollmütze. Die Produzenten der Serie hofften, dass die Retortenband sich mit der Zeit zu einer echten Einheit entwickeln würde, und der Plan ging auf. Die Songs der ersten beiden LPs wurden sicherheitshalber von Profimusikern eingespielt, die Monkees durften nur den Gesang beisteuern. Das brachte ihnen das abwertende Etikett »Prefab-Four« ein, das auf die Künstlichkeit der Band anspielt. Das Vorurteil, nur Musiker-Pantomimen zu sein, machte der Gruppe schwer zu schaffen. Erst als sie mit dem Ausstieg aus der Serie drohten, wurde ihnen erlaubt, selbst die Instrumente zu bedienen, was sie auf ihrer dritten LP immer wieder deutlich betonten.

Gegen die Musik ist auch 2022 wenig einzuwenden aber kann man sich die Show heute noch ansehen? Wie sind die Pointen gealtert? Erstaunlich gut, muss man sagen. Wenn man keine unüberwindliche Abneigung gegen vier junge weiße Männer als Hauptdarsteller hegt, dann funktionieren die meisten Gags nach wie vor, das

Tempo würde man wohl nicht mehr als rasant empfinden, aber immer noch als recht hoch im Vergleich zu anderen Produktionen aus derselben Zeit. Man bekommt einfach gute Laune, wenn man diesen spielfreudigen Typen zusieht. Es wirkt alles angenehm unbedarft und nur ansatzweise kalkuliert. Die Schauspieler agieren als Mischung aus Stummfilm-Komikern, Berufsjugendlichen und fleischgewordenen Comichelden. Es werden Sprechblasen eingeblendet, Pfeile zeigen auf wichtige Details, als Micky mal eine Idee hat, erscheint eine Glühbirne über seinem Kopf und gleich darauf beschwert er sich, dass er nicht denken könne, solange das Ding über ihm hängt. In einer anderen Folge wiederholt er unablässig: »We need a brilliant idea«, dann öffnet er eine Tür, verlässt erkennbar das Filmset und betritt den »Writers Room«, in dem vier chinesenbärtige Chinesen an Schreibmaschinen sitzen und ihm sofort das Gewünschte tippen. Wohl auch, weil im Hintergrund ein Aufseher mit Peitsche lauert. Wenn es eine schwierige Situation zu meistern gilt, heißt es immer mal wieder »Das ist ein Fall für Monkeeman« und Peter, Micky und Mike begeben sich sofort in eine Telefonzelle, wo sich bekanntlich auch Clark Kent gerne in Supermann verwandelt hat. Irgendwann werden sie allerdings zu ihrem Verdruss mit der Mitteilung konfrontiert, dass es strikt verboten ist, eine Telefonzelle zu Identitätswechseln zu missbrauchen.

Kleines Dialogbeispiel gefällig? »Wie alt bist Du?« »21!« »In Deinem Alter war ich 22«. Die Fallhöhen erreichten mitunter absurde Höhen und die Pointen nahmen unerwartete Wendungen. Meine Lieblingswendung ereignet sich schon in der zweiten Episode »Monkey see, Monkee die«, wo die Musiker in einem Spukschloss gefangen sind und dort übernachten müssen. Wenn Sie der nicht ganz unkomplizierten Konstruktion wohlwollend folgen, werden Sie fürstlich belohnt.

Also, Micky, Peter und Davy sitzen auf dem Bett und beobachten verwirrt, wie Mike Brotkrumen auf dem Fensterbrett auslegt. Damit will er eine Brieftaube anlocken, um ihr einen Zettel mit einem Hilferuf ans Bein zu binden. Tatsächlich kommt auch eine Taube, die aber bereits einen Zettel dabei hat mit dem Text: »Bindet mir keinen Zettel ans Bein, ich bin keine Brieftaube.« Daraufhin legt Mike Knochen im Zimmer aus. Warum? Natürlich um einen Bernhardiner anzulocken, dem er jetzt die Botschaft mitgeben will. Der erwünschte Hund erscheint und hat neben dem obligatorischen Fässchen auch einen Zettel um Hals. Und was steht diesmal drauf? »There's a message for you on the pigeon«. Darauf muss man erstmal kommen und das muss man auch erstmal spielen können.

Die Darsteller treten häufig aus ihren Rollen heraus, beschweren sich über das, was man ihnen zumutet und wiederholen ungerührt ganze Sätze, wenn sie im ersten Anlauf einen Hänger hatten. Breaking the fourth wall war eine bevorzugte Technik der Serienautoren. Zwischendurch und oft reichlich unvermittelt werden musikalische Unterbrechungen eingesetzt, gefilmt in einer uns inzwischen gut vertrauten Musik-Video-Ästhetik. Die Monkees sind nicht vordergründig satirisch unterwegs aber sie machen unablässig Autoritäten lächerlich. Politiker, Generäle, Würdenträger aller Art, im Prinzip den damals noch existenten Erwachsenen als solchen. Eine untergründige, hippieske Love&Peace-Atmosphäre beherrscht die Szenerie, wobei die Darsteller im Film niemals andere Drogen zu sich nehmen als Malzbier und diverse Produkte des Sponsors Kellogs. Geraucht wird nur, wenn sich Micky in Sherlock Holmes oder einen Filmproduzenten verwandelt. Gegen Ende der Show, so ab Folge 45 müsste aber auch unbedarften Zuschauern klar gewesen sein, dass sowohl die Autoren, als auch die Darsteller ihr Bewusstsein regelmäßig mit chemischen und pflanzlichen Substanzen erweitert hatten.

Nach zwei Staffeln waren die Monkees nur unwesentlich erwachsener geworden aber durch den immensen Erfolg in der Position, ihre eigenen Ideen verwirklichen zu dürfen und sie planten einen Spielfilm. Die Ideen entwickelten sie gemeinsam mit Jack Nicholson, ein aufstrebender B-Movie-Darsteller, der schließlich gemeinsam mit Bob Rafelson das Drehbuch für »Head«, unter Zuhilfenahme von kiloweise LSD, so will es jedenfalls die Legende, verfasste. Der Film floppte, genießt aber inzwischen, wie nicht anders zu erwarten und keineswegs zu Unrecht, Kultstatus. Er hat die üblichen Längen, die man von Drogenräuschen kennt, aber es gibt sehr viele extrem unterhaltsame und komische Ideen. Die Monkees arbeiten sich an ihrem Image als willenlose Marionetten der Unterhaltungsindustrie ab, auf eine durchgehende Handlung wird verzichtet, es ist eher ein Traum in einem Traum in einem Traum in einem Traum eines Polizisten. Kulissen werden immer wieder zerfetzt und kenntlich gemacht und irgendwann geraten die vorgefertigten Vier ins Innere eines Staubsaugers. Die berühmte Hinrichtungsszene mit dem Polizeichef von Saigon kommt zum Einsatz und daran sieht man, »Head« wollte gesellschafts-, system- und medienkritisch sein und sollte provozieren, so, wie es die Monkees als Serienhelden niemals getan hatten. Die komischen Momente geraten meistens zynisch, aber Frank Zappa hat einen kurzen Auftritt mit einer sprechenden Kuh und ein Film, in dem

Frank Zappa eine sprechende Kuh an der Leine führt, kann nicht wirklich schlecht sein.

1969 folgt »33 1/3 Revolutions per Monkee«, eine knapp einstündige Fernsehshow, angekündigt als »a psychedelic salute to darwinism«. In einer Szene stehen drei Flügel aufeinander, unten spielt Fats Domino, darüber Little Richard, oben hämmert Jerry Lee Lewis in die Tasten und auf dessen Flügel steht noch Brian Auger, der in der Show den Mephisto an der Hammondorgel gibt. Das ist schon ziemlich far out, wer als junger Mensch völlig unvorbereitet in diese Produktion hineingeriet, dürfte entweder sofort drogensüchtig oder tiefgläubig geworden sein. Das komische daran ist weniger der Inhalt, als die Tatsache, dass die so genannten Verantwortlichen damals derartig verunsichert gewesen sein müssen, dass sie diesen Wahnsinn auf Sendung gehen ließen, nur um den Anschluss an was auch immer nicht zu verpassen.

In knapp drei Jahren absolvierten Mike Nesmith, Davy Jones, Micky Dolenz und Peter Tork 58 Sitcom-Folgen, einen Spielfilm, ein TV-Feature, acht LPs und unzählige Live-Auftritte. Ein unvorstellbares Pensum, das natürlich seinen Tribut forderte. Mike Nesmith startete eine Solokarriere als Musiker, nahm sehr viele sehr gute Country-Rock Platten auf und erfand auf Umwegen MTV, aber das soll hier genau so wenig erwähnt werden, wie die Geschichte, dass Nesmiths Mutter »Liquid Paper«, eine Art Tipp-Ex erfunden hatte.

Von den Monkees lebt nur noch Micky Dolenz, der ein beliebter Interview-Partner ist, weil ihm immer wieder unbekannte Details aus der großen Zeit der insane boys einfallen. Und nun möchte ich Sie mit einer kurzen, nicht völlig ausgereiften Überlegung in die bevorstehende Cannabis-Freigabe entlassen. Wie schon erwähnt, zogen die Monkees und ihre Autoren viele Inspirationen aus den ersten beiden Beatles-Filmen. 1967 veröffentlichten die Beatles dann zum Entsetzen vieler Fans »Magical Mystery Tour«, aus dem wiederum die Monty Pythons nachweislich diverse Anregungen ent- und eine Szene direkt in den »Sinn des Lebens« übernahmen. Hätte es also ohne die Beatles weder die Monkees noch die Pythons gegeben? Wäre intelligentes Leben überhaupt möglich gewesen? Denken Sie darüber mal nach, aber bitte nicht zu lange.

# Als Mono König war

Das wichtigste vorweg: Ja, Sie brauchen die Beatles Mono-Box auf Vinyl! Sie brauchen Sie unbedingt. Selbst, wenn Sie schon die Stereobox und die Mono-CD-Kollektion haben sollten und die US-CD-Box und die alten Mono-Pressungen. Die Mono-Box wird Ihre letzte Anschaffung sein, danach brauchen Sie nichts anderes mehr von den Beatles. Möglicherweise überhaupt keine anderen Platten mehr. Wir haben es schließlich mit so etwas wie der historisch kritischen Werkausgabe der bedeutendsten Musikgruppe aller Zeiten zu tun. Dieser 8100 Gramm schwere Kasten kann als endgültiger Beweis dafür dienen, dass früher tatsächlich alles besser war. Auf jeden Fall waren die Beatles früher besser, aber erst heute, 44 Jahre nach der Auflösung der Band, kann man das wirklich hören.

Damit Ihnen die Bedeutung und das Gewicht dieses Werks von Anfang an klar werden, dürfen Sie sich die Mono-Box auf keinen Fall von einem dieser übel beleumundeten Versandunternehmen ins Haus liefern lassen. Bestellen Sie die Mono-Box beim örtlichen Vinyl-Händler Ihres Vertrauens und seien Sie überrascht, wie schwer und unhandlich der Karton tatsächlich ist, den Ihnen der Mann (es ist immer ein Mann) auf die Theke wuchtet. Ich schleppte den Kasten zwei Kilometer weit vom Schallplattenladen bis zum Bahnhof, später noch zur S-Bahn und dann zum Bus. Obwohl es Mono-Aufnahmen waren, benutzte ich beide Arme, anders ging es einfach nicht.

Kommen wir zum unwichtigen Teil. Ich wollte eigentlich nie jemand anderes sein, nicht, weil ich besonders zufrieden mit mir war, sondern weil ich mich mit mir halbwegs auskannte. Die Vorstellung, einen anderen darstellen zu müssen, auch wenn er schöner, reicher, erfolgreicher war, erschien mir beängstigend, aber eine Ausnahme gab es. Ich wäre gerne einer von den Beatles gewesen, egal welcher. Gut, wenn ich jetzt die Wahl hätte, dann Paul oder Ringo, weil John und George sind ja schon tot. Mir ging es dabei nie um Ruhm, Reichtum und Erfolg, die hätte ich billigend in Kauf genommen, mir wäre es um den ungeheuren Spaß gegangen, mit drei Kumpels die Popmusik zu erfinden, alles zum ersten Mal machen zu können. Das war kein besonders origineller Wunsch, irgendwann wollte jeder aus meiner Altersgruppe ein Beatle sein. Jedenfalls jeder, der halbwegs zurechnungsfähig war, denn es gibt nichts Besseres, als mit Freunden Spaß zu haben, das sieht man täglich in der Bierwerbung, aber da ist es natürlich verlogen.

Die Beatles hatten echten Spaß, zwischen 1962 und 1968 vielleicht den größten, den man sich vorstellen kann. Die Stones hatten mit Sicherheit auch Spaß, aber nicht so guten, oder sagen wir, er klang für mich nicht so gut. Wichtig ist übrigens, dass es neben den vier Freunden noch einen fünften gibt, der die Ideen, die unaufhörlich aus den Freunden heraussprudeln auch umsetzt, vier Freunde brauchen immer einen George Martin. Ich habe das Beatles-Modell in meinem Leben zumindest einmal erfolgreich nachgestellt, aber mit den Freunden keine Musik, sondern eine Zeitschrift gemacht und obwohl ich als einziger eine Brille trug, war ich Paul und unser George Martin hieß Rüdiger.

Der Beatleswahn ergriff mich relativ spät. Mein erster bewusst gehörter Song war »All you need is love«, aber meine erste LP war merkwürdigerweise »Bridge over troubled water«, die nur sehr wenig mit den Beatles zu tun hatte, dafür aber mit »So long Frank Lloyd Wright« ein Stück, das mir für einige Zeit zu denken gab. Ein Freund von mir war weitaus reifer und wünschte sich schon zu seinem zehnten Geburtstag »Sgt. Pepper«. Er bekam aber »Revolver« in Mono, die er wutentbrannt entsorgte, sobald die dafür verantwortliche Tante das Haus verlassen hatte.

Mono war Ende der Sechziger so ungefähr das, was heute ein Faxgerät, ein Festnetztelefon oder vielleicht Windows XP sind, Mono war etwas, das man überwinden musste. Inzwischen ist Mono auf dem besten Wege das neue Stereo zu werden. Obwohl die Beatles eigentlich immer an der Spitze der Bewegung standen, interessierten sie sich nicht wirklich für die Stereotechnik, sie lehnten sie anscheinend sogar ab. Die Beatles überwachten nur die Mono-Abmischungen und überließen die künstliche Kanalaufteilung meistens George Martin und den Technikern in den Abbey Road Studios. John Lennon wird der Ausspruch zugeschrieben: »Wer Sgt. Pepper nicht in Mono gehört hat, der hat es gar nicht gehört«. Er verzichtete darauf, dieses Dogma weiter zu erläutern, es könnte also auch ironisch gemeint gewesen sein. Dagegen spricht, dass dann tatsächlich noch das Weiße Album in Mono abgemischt wurde.

Im Alter von ungefähr zwölf Jahren fragte mich mein Sohn, ob ich ihm mal was von den Beatles vorspielen könne. Wir befanden uns bereits im 21. Jahrhundert und der Sohn musste ein Referat halten. Zunächst war ich begeistert, wahrscheinlich so, wie es ein Vater eine Generation vorher gewesen wäre, wenn man ihn freiwillig nach seinen Kriegserlebnissen gefragt hätte. Ich wusste, dass ich mit dem richtigen Song alle entscheidenden Türen im Herzen meines Sohnes öffnen und alle Weichen für sein späteres Leben richtig stellen konnte. So hatten es die Beatles schließlich auch bei mir getan. Doch je mehr Beatles-Platten ich hörte, umso verzweifelter wurde ich, denn mir wurde klar, ich würde DEN Song nicht finden. Die Aufnahmen klangen plötzlich alle dünn und blechern und konnten mit den fett produzierten Werken von Monster Magnet und Limp Bizkit, die meinem Sohn als musikalische Nahrung dienten, nicht im Geringsten mithalten. Ich suchte nach wuchtigen Nummern, deren Energie man sich als Zwölfjähriger nicht entziehen konnte und wählte schließlich »Birthday« vom Weißen Album als Einstiegsdroge, obwohl ich genau wusste, dass das Quatsch war. Der Sohn nahm den Song eher belustigt zur Kenntnis, sicher wurden auch Türen geöffnet und Weichen gestellt, aber wohin die führten, weiß ich bis heute nicht. Hätte es damals schon die Mono-Box gegeben, wäre die Geschichte anders ausgegangen. Denn hier klingt nun wirklich nichts mehr dünn und blechern, sondern alles kraftvoll, frisch und direkt. Ganz so, wie es Nik Cohn den Beatles attestierte: »Sie veränderten alles […] und sie ließen die schlechte Luft zum Fenster raus.«

Mit den ersten Takten des ersten Songs der ersten LP »I saw her standing there« wird man direkt überwältigt, man begreift sofort, warum diese Musik so unwiderstehlich umwerfend und elektrisierend wirkte, auch weil sie leicht und unangestrengt gespielt wird. Ringo Starr hat seinen ersten Auftritt als Sänger in »Boys« und erklärt dazu bei einem BBC-Auftritt »Between you and me I think that's the track that's selling it«. Selbst »Love me do« klingt hier nicht mehr dürftig, sondern schlüssig. Es herrscht alles in allem eine ungeheure Helligkeit und Schnelligkeit. Der längste Song dauert 2:55, der kürzeste 1:44. In nur drei Jahren nehmen die Beatles sechs Alben mit 83 Stücken auf, plus 16 Titel, die nur als Single erscheinen. Und dann kamen noch Revolver, Sgt. Pepper, Magical Mystery Tour und das Weiße Album. Und Yellow Submarine, Let it be und Abbey Road, aber die gab es dann nur in Stereo und spielen deshalb hier keine Rolle.

Die Songs der Beatles, so wie wir sie von den Platten kennen, sind immer endgültig, es gibt keine alternativen Takes, die wirklich überzeugender klingen, das konnte man auf den drei »Anthology«-Ausgaben sehr gut hören und so weit man weiß, gibt es auch keine wirklich wichtigen »verschollenen« Werke, kein »Great Lost Album«. Trotzdem bleibt es der größte Wunsch jedes Beatles-Fans, unbekannte Stücke seiner Band zu entdecken und diesen Wunsch erfüllt die Mono-Box. Man kennt zwar alle Titel, aber so hat man die Songs noch nie gehört. Das ergibt 151 neue, bisher unveröffentlichte Beatles Songs. Zählt man die »Mono Masters« dazu, kommt man auf 185. Wie klingt das nun genau? Sehr transparent und federnd, vor allem zentrierter, wie man es bei Mono auch erwarten sollte, denn da kommt die gesamte akustische Information aus einem Lautsprecher. Die Abmischungen erreichen eine erstaunliche räumliche Tiefe, die Produzenten sprechen von einem »beinahe dreidimensionalen Sound«. Man braucht dazu auch keine spezielle Mono-Ausrüstung. Die Überlegenheit des neuen Materials wird ohne weiteres auch mit einem Stereotonabnehmer deutlich. Wir können davon ausgehen, dass die Beatles jetzt annähernd so klingen, wie die Beatles wollten, dass sie klingen sollten.

Möglich machten das die genialen Aufnahmetechniker der damaligen Zeit, vor allem Harry Ross, der alle technischen Vorgänge bei den Aufnahmen akribisch dokumentiert hat. Seine Aufzeichnungen nutzten Sean Magee und Steve Berkowitz für die Produktion der Mono-Vinyl-Box. Sie arbeiteten ohne doppelten digitalen Boden, es gibt keine Nachbearbeitungen, es wurde nichts geglättet, als Quelle wurden ausschließlich die ursprünglichen Monobänder genutzt. Wie das genau vor sich ging, ist in dem 108seitigen, selbstverständlich überwiegend schwarzweiß bebilderten Booklet nachzulesen, das der Box beiliegt. Mit Sicherheit die wichtigste Buchveröffentlichung des verflossenen Jahres. Falls Sie selten zum Lesen kommen, beschränken Sie sich auf dieses Werk.

»In the sixties, mono was king« erklärt Autor Kevin Howlett und breitet den Glanz, die Größe und die Schönheit dieses Königtums vor uns aus. Natürlich ist es nach der Lektüre seiner Beschreibung vollkommen unmöglich, ein halbwegs objektives Urteil abzugeben, wenn schon das Öffnen der Box einen in eine geradezu hysterische Stimmung treibt. Cover und Innenlabel sind originalgetreu reproduziert, keine Beilage wurde vergessen, die Platten sehen fantastisch aus, das Vinyl ist dick und glänzend. Befremdlich wirken zwei kleine Tütchen mit der Aufschrift »Do not eat. Throw away desiccant«. Man fragt sich unwillkürlich, aus welchem Beatles-Song diese Zeilen stammen, aber es handelt sich nur um Kieselsäure. Die hält die Mono-Box trocken, hilft aber nicht gegen feuchte Augen, die beim Auspacken und Anhören unwillkürlich entstehen.

## Brian Wilson am 19. Juli in Frankfurt am Main

So will ich enden. Ein dicker Mann, in einem zeltgroßen rosa Hemd, der von einem anderen dicken Mann auf die Bühne geführt wird. Er nimmt hinter einem weißen Flügel Platz, und ob er den bedient oder nicht, wird man nie erfahren. Er singt im milden Scheinwerferlicht mit brüchiger Stimme, so dass man immer Angst hat, er könnte vielleicht hier an diesem Abend zusammenbrechen und nicht wieder aufstehen. Um ihn herum eine Gruppe großartiger Musiker und Sänger, die den Harmonie-Gesang besser beherrschen als er und seine Brüder. Sie tragen ...

## Was George mich lehrte

1970 veröffentlichte George Harrison »All things must pass«. Auf dem schwarzweißen Cover sitzt er mit einem breitkrempigen Hut auf einem Hocker auf der Rasenfläche seines Anwesens Friar Park, er trägt Gummistiefel und ist umgeben von vier recht großen Gartenzwergen. Ich hatte 1970 nicht das Geld für das Dreifachalbum, es reichte nur für die Single »What is life«, deren Cover immerhin dasselbe Foto zierte. Eine geheime Botschaft schien in dieser Abbildung versteckt, die mich faszinierte, weil ich Gartenzwerge noch nie in diesem Zusammenhang gesehen hatte. Sie waren 1970 der Inbegriff der Spießigkeit, aber hier schienen sie eine andere, coolere Bedeutung zu haben. Ich kannte Harrison nur als Mitglied der Beatles, wusste jedoch nicht, dass man ihn »The Quiet One« nannte, dass ihm John Lennon und Paul McCartney nur zwei Stücke pro Platte erlaubten und er deshalb Unmengen von Material angesammelt hatte, aus dem er das erste Dreifach-Studio-Album der Rockgeschichte machte. Ich wusste das alles nicht, aber arbeitete daran, mir die Haare genauso lang wie er wachsen zu lassen, was mir auch gelang, aber beim Bart konnte ich nicht mithalten. Irgendwo las ich später, dass die vier Zwerge die Beatles symbolisieren sollten, aus denen Harrison nun deutlich sichtbar herausragte. Wenn das stimmte, war er gleichzeitig einer der Zwerge und der Typ auf dem Hocker. Ich ahnte damals nichts von Reinkarnation und Seelenwanderung, Techniken, die George Harrison anscheinend mühelos beherrschte. Bei der Produktion spielte Phil Spector eine entscheidende Rolle, er türmte einige seiner besten Walls of Sound auf, und schaffte es, fast jedem Stück eine wuchtige Majestät zu verleihen, so dass selbst die banalsten Botschaften nach Offenbarungen klangen. »All things must pass« war extrem erfolgreich und wurde extrem häufig wiederveröffentlicht. 2021 beschlossen Harrisons Nachlassverwalter das 50. Jubiläum mit einjähriger Verspätung und einer Neuabmischung in acht verschiedenen Darreichungsformen zu feiern. Die teuerste davon ist die eingangs erwähnte Kiste, das »Uber-Deluxe-Box-Set«.

Als mir der Paketbote keuchend ein riesenhaftes Paket vor die Tür stellt, das ich nur dank disziplinierten Rückentrainings zwei Stockwerke höher wuchten kann, werde ich plötzlich unsicher. Ich betrachte den Pappkarton und frage mich, ob das jetzt mein Porsche, meine Mitgliedschaft im Golf-Club, also mein Ersatz für gelebtes Leben ist. Natürlich nicht der Pappkarton, sondern sein Inhalt, den ich nicht wage zu begutachten, aus Angst vor Enttäuschung. Das ist ein Prinzip von mir, ich höre mir neu gekaufte Musik oft wochenlang nicht an, stelle das neuerworbene Buch ungelesen ins Regal und neue Kleidung kommt zunächst auch erstmal in den Kleiderschrank. Besonders schlimm verhält es sich mit einem frisch gedruckten Buch, dessen Autor ich selber bin. Bei meinem ersten Buch habe ich noch den Fehler gemacht und es mir sofort angeschaut. Innerhalb einer Minute war ich schweißgebadet, sah Unmengen von Fehlern und wusste sofort, was ich hätte anders machen müssen. Seitdem warte ich mit der Öffnung, bis ich mich stark und angetrunken genug fühle, um der Niederlage ins Auge zu sehen. Im Fall der Uber-Box bin ich eigentlich auf der sicheren Seite, denn nicht ich habe, sondern George Harrison hat die Texte geschrieben, einmal hat ihm Bob

Dylan geholfen. Was er da verfasst hat, ist mir seit mehr als vierzig Jahren bekannt und ich weiß, ich hätte mich niemals getraut, so etwas zu veröffentlichen, das meiste ist von einer geradezu betäubenden Banalität. Ich sage nur: »My sweet lord, oh my lord, I really want to see you, really want to be with you«. Oder auch: »I dig love – I love dig«. Aber es ist kein Gedichtband, sondern ein Musikalbum und die Musik entrückt das Ganze auf ein sehr hohes Niveau, wirklich gute Texte hätten hier nur abgelenkt und die so genannten anspruchsvollen Texte werden sowieso überbewertet. Vor mir steht also eine Kiste mit schlechten Texten und guter Musik, für die ich tausend Euro bezahlt habe und deren Öffnung mir wahrscheinlich auch deshalb Schwierigkeiten bereitet. Ich weiß gar nicht mehr, warum ich diese Uber-Box überhaupt besitzen wollte. War es die schiere Sinnlosigkeit der Tat, die mich zum Kauf verleitet hat? Diese 23,5 kg schwere Kiste braucht natürlich in Zeiten von Krieg und Pandemie niemand und gerade das macht sie so unverzichtbar. Trotzdem zögerte ich das Auspacken vier Wochen hinaus, bis ich glaubte, ich wäre bereit, für das, was mich erwartet.

Die Uber-Box ist eine Holzkiste mit zwei Griffen aus dicken Tauen, die aussieht, wie eine Schatzkiste aus einer Micky Maus-Geschichte der 60er Jahre. An der Seite steht in künstlich verwitterter Schrift »Friars Park, Henley on Thames«. Das ist George Harrisons Landsitz, ein riesiges neugotisches schlossartiges Anwesen, schwer zu heizen, wie meine Mutter sagen würde. Mir gefällt diese Schatzkiste auf Anhieb, man kann sich draufsetzen oder einen Drink abstellen oder die neue Platte von Paul McCartney ablegen. Als Sitzgelegenheit stellt sie das niemals vermisste Bindeglied zwischen Meditationsbank, Melkschemel und Küchenhocker dar. Das Holz der

Schatzkiste macht einen leicht künstlichen Eindruck aber wahrscheinlich ist das das übliche Vorurteil bei Produkten, die aus China kommen. Der Deckel öffnet sich leider nicht mit einem infernalischen Knirschen, er ist nur aufgelegt, darunter stoße ich als erstes auf Zeichnungen von Klaus Voorman, sicher in Butterbrotpergament verpackt und mit einem Siegel verschlossen. Man soll sich das wohl lieber nicht gleich ansehen. Darunter liegt ein Buch mit sehr vielen, sicher nie vorher veröffentlichten Fotos und Dokumenten, das hebe ich mir für sehr viel später auf. Dann kommt ein Brett zum Vorschein, ich nehme an, es soll mich daran erinnern, dass ich mich sehr oft auf dem Holzweg befinde, und danach halte ich ein weißes Blatt Papier in Händen. Das ist mit Sicherheit auch symbolisch gemeint, wir alle kommen als unbeschriebenes Blatt auf die Welt, daran will mich George Harrison erinnern. Ob er das alles wirklich noch vor seinem Ableben verfügt hat? »Stopft 2021 eine Kiste voll mit irgendwelchem Zeug und legt um Himmels Willen irgendwo ein weißes Blatt rein.« Harrison war bekanntlich sowohl sehr spirituell als auch sehr schwarzhumorig unterwegs, er finanzierte »Das Leben des Brian«, damit er selber den blasphemischen Film auf der Leinwand sehen konnte. Deshalb bin ich mir nicht ganz sicher, nach welchen Kriterien die Schatztruhe gefüllt wurde. Was erwartet mich als Nächstes? Eine Schachtel mit einer sehr billig wirkenden Meditationskette und ein Heftchen mit gut abgestandenen Weisheiten. »Denke immer daran, dass Du eines Tages alles ganz plötzlich hinter Dir lassen musst.« Also auch die teure Kiste? Ein schrecklicher Gedanke, mit dem ich mich nur ganz langsam vertraut machen möchte.

Langsam arbeite ich mich zum Herzstück der Truhe

vor, der »Inner Box«, die ich dank einer henkelartigen Vorrichtung problemlos aus der Versenkung holen kann. In dieser Box lauern, in eitel Styropor verpackt und aus Bronzeimitatmasse gegossen, vier Zwerge und George Harrison, der mit breitkrempigem Hut auf einem Hocker sitzt. Mit diesen Figuren kann ich das Cover von »All things must pass« nachstellen. Als Hintergrund kann ich die Rückseite der Inner-Box benutzen.

Das ist, glaube ich, einmalig in der Geschichte der Schallplatte. Der Hörer kann sein eigenes Cover gestalten oder sogar ein Theaterstück mit Harrison und den Zwergen aufführen, mit albern verstellten Stimmen. Das allein würde den Kaufpreis rechtfertigen, aber das eigentliche Highlight, den wirklichen Schatz halte ich erst in Händen, nachdem ich die Zwerge wieder im schützenden Styropor verpackt habe. Es ist ein blattförmiges Lesezeichen, das aus dem Holz einer Stieleiche gefertigt wurde, die in Friars Park, direkt auf Harrisons Anwesen, umgefallen ist. Ich besitze jetzt also einen Teil von Harrisons Grundstück und man muss davon ausgehen, dass die Eiche George Harrison persönlich gekannt hat, vielleicht hat er sie sogar hin und wieder umarmt. Mir gehört jetzt ein Teil eines Baumes, der Harrison mit eigenen Augen gesehen hat. Ein kaum zu beschreibendes Gefühl, daher will ich es auch gar nicht weiter versuchen.

Ich will aber nicht verschweigen, dass auch noch acht LPs, 5 CDs und eine Blue Ray in der Uber Box verstaut sind, mit sehr viel noch nie zuvor gehörtem Material, dass ich deshalb auch noch nie gehört habe. Die Musik ist sowieso zweitrangig, es geht um die Kiste als solche, mit der mir George Harrison posthum etwas mitteilen wollte. Aber was ganz genau? Was sollten mir die Zwerge, die scheußliche Gebetskette und das Stück Holz aus

Friars Park sagen? Ich kann es nicht so gut formulieren wie der Yogi-Meister Paramahansa Yogananda, dessen Weisheiten sich ebenfalls in der Wunderkiste befinden aber ich glaube, die Uber-Box will mir sagen: Du kannst so viel Geld ausgeben, wie Du willst, am Ende wirst Du doch nichts dafür kriegen. Und ich muss sagen, diese Erkenntnis war mir auf jeden Fall 1000 Euro wert.

## Das Stauende liegt immer in einer Kurve

Als Kind lag ich morgens lange im Dunklen im Bett und hörte Stimmen. Sie drangen aus meinem Transistorradio, das ich sofort nach dem Aufwachen einschaltete, und da hörte ich, noch im Halbschlaf, die Wasserstandsmeldungen. Es begann oft mit einer düsteren Prophezeiung: »Am Mittwoch werden das Nacht-Hochwasser an der deutschen Nordseeküste und in Emden sowie das Morgen-Hochwasser in Bremen und Hamburg etwa 1 m höher als das mittlere Hochwasser eintreten.«

Das Wort Hochwasser besaß in Bielefeld einen aufregenden Klang. Emden, Bremen und Hamburg konnten jederzeit in den Fluten versinken, aber ab welcher mittleren Hochwasserhöhe wusste ich natürlich nicht. Anschließend wurden die Pegelstände der Flüsse verlesen. Die Namen der Orte waren mir unbekannt, dass die Elbe zwischen Altgarbe und Schnackenburg einen Pegelstand von 161 cm hatte, Tendenz fallend, sagte mir nichts, aber es hörte sich nicht gefährlich an. Bei Altgarbe handelte es sich möglicherweise um Aland-Garbe, das hatte ich die ganze Kindheit über missverstanden. Eine monotone Stimme leierte Orte und Zentimeterangaben langsam und sorgfältig akzentuierend herunter, denn die Schiffer in ihren Schiffen lauschten mit großen Ohren und wildem Weh, sie wollten wissen, ob sie in Gefahr waren, auf ein Felsenriff zu laufen. Dann hätten die Wellen am Ende noch Schiffer und Kahn verschlungen, deshalb mussten die Pegelstände immer besonders klar und deutlich verlesen werden. Es wirkte langweilig, aber irgendwie auch bedeutungsvoll, im Gegensatz zur nachfolgenden Morgenandacht, die nur langweilig war.

Die Pegelstände der Flüsse halfen mir, mich langsam in den Tag hineingleiten zu lassen, den ich oft mit Besorgnis erwartete. Ich war diese Art von Kind. Je älter ich wurde, umso häufiger verschlief ich die Wasserstandsmeldungen, aber ich wurde wach, wenn im britischen Soldatensender der Aviation-Forecast zur Verlesung anstand. Ich erinnere mich heute nur noch an Formulierungen wie »southwesterly stream«, »isolated thunderstorms« oder »showers become more scattered«. Diese Prognosen verfolgte ich bis zum Ende, obwohl sie mich gar nichts angingen, denn ich flog viel zu niedrig, weil mein Cockpit nur ein Klappbett im Bielefelder Osten war.

Durch einen unbedachten Umzug verlor ich die Verbindung zum Sender, suchte lange nach einem meditativen Ersatz und fand ihn schließlich in den Verkehrsmeldungen des Deutschlandfunks. Staus und stockender Verkehr in ganz Deutschland. Mein neues Mantra. Ein ungeheuer behagliches Gefühl macht sich schon am frühen Morgen in mir breit, wenn ich im Halbstundentakt erfahre, wie die Staus beständig wachsen und nur widerwillig kürzer werden wollen. Liegt man noch im Bett, beglückwünscht man sich zu der Entscheidung, jetzt nicht auf das Autobahnkreuz Lotte gefahren zu sein oder gar zwischen Groß Ippener und dem Dreieck Stuhr darauf zu warten, dass die Unfallstelle endlich geräumt wird. Fasziniert hört man von Oberhausen Lirich, Wiesloch Rauenberg, Bremen Hemelingen, sowie Würzburg Kist und Würzburg Randersacker. Magische Orte, die es jederzeit mit Altgarbe und Schnackenburg aufnehmen können, tauchen vor mir auf und bilden die Bestandteile eines imaginären Deutschlands, eine zähfließende Heimat im Stillstand, in der das Stauende immer in einer Kurve liegt. Man fragt sich, warum der Verkehr so gerne zwischen Pforzheim West und Pforzheim Ost zum Stillstand kommt. Oder kann es sein, dass bestimmte Gemeinden mit Absicht dafür sorgen, dass der Verkehr blockiert wird, damit ihr Ort im Deutschlandfunk Erwähnung findet? Das wäre ja so etwas wie kostenlose Werbung. Wie lange hat der Landkreis Barnim nachgedacht, um mit dieser Meldung in die Stauvorschau zu kommen: »Vorsicht, in Höhe Dreieck Barnim Gefahr durch Spanngurte auf der Fahrbahn.« Auf der A 10 lauern Spanngurte, um sich ohne Vorwarnung an den unvorbereiteten Fahrer zu hängen, und die hat der örtliche Tourismus-Verband dort ausstreuen lassen. Hin und wieder wird ein »Stau ohne Kilometerangabe« vermeldet, das ist zunächst ein wenig enttäuschend, aber dann wird man belohnt durch 15 Kilometer Stillstand zwischen Dinkelsbühl-Fichtenau und dem Virngrundtunnel.

Seit heute aber gibt es keine Verkehrshinweise mehr im Deutschlandfunk. Sie wurden ersatzlos abgeschafft, angeblich auch auf Wunsch vieler Hörer. Der Sender sieht in Zeiten flächendeckender Internetüberwachung keine Daseinsberechtigung für seine Staumeldungen und will die eingesparte Zeit mit noch mehr Informationen füllen. Ich halte diese Entscheidung für fatal. Natürlich ist es faszinierend, dem Sender beim Nachrichtenerzeugen zuzuhören. Um 6:25 Uhr gibt Markus Söder ein Interview, fünf Minuten später heißt es in den Nachrichten: »Wie der bayerische Ministerpräsident dem Deutschlandfunk sagte ...«, und der Zuhörer war live dabei, als die Meldung entstand. Aber eigentlich liefert der Deutschlandfunk ein Überangebot an Informationen, so viele Nachrichten gibt es ja auch gar nicht und die meisten werden im Stundentakt wiederholt, so dass man sich fragt, warum denn der Söder ständig beim Deutschlandfunk anruft.

Auch die Verkehrshinweise wiederholen sich scheinbar, sind aber einem ständigen, manchmal fast kaum wahrnehmbaren Wandel unterworfen. Eben noch herrschte Zähflüssigkeit zwischen Hamm Bergkamen und Unna, plötzlich steht der Verkehr in Krefeld Oppum, auf einer Länge von zehn Kilometern. Und dann recherchiert man, weil man gemütlich zuhause sitzt und weil ja in Krefeld erst kürzlich das Affenhaus gebrannt hat, und erfährt, dass der Zoo, genau wie das ICE-Instandhaltungswerk, irgendwie auch zum Ortsteil Oppum gehört. Vielleicht ist der Stau eine Art Trauerprozession für die Affen gewesen?

Ganz unvermittelt fällt mir ein, dass ich vor vielen Jahren im Krefelder Zoo eine Lesung hatte, zu der niemand gekommen war, und während ich enttäuscht meine Manuskripte zusammenpackte, wollte mir die Organisatorin doch noch etwas Gutes tun und fragte mich, ob es denn ein Tier gäbe, das ich gerne mal gestreichelt hätte. Dann habe ich eine Viertelstunde lang einen riesigen Tapir gekrault, der flach am Boden lag und vor Wohlgefallen schnaufte. Das war mir völlig entfallen, nur dank der Verkehrshinweise erinnerte ich mich wieder.

Die Staumeldungen dürfen nicht einfach verschwinden, sonst werden wir die Tapire unseres Lebens für immer vergessen. Die deutschlandweiten, von einer menschlichen Stimme verlesenen Verkehrshinweise sind vielleicht die bedeutendste Leistung des Deutschlandfunks und verdienen einen Eintrag in die Liste der immateriellen Kulturgüter. Mir ist bewusst, dass ich mir mein morgendliches Glück mit dem Leid von Millionen Menschen erkaufe, die jeden Tag irgendwo zwischen Bönen und Gambacher Kreuz oder zwischen Riepe und Volmarstein oder Walldorf Wiesloch und Dreieck Leonberg auf die Einfahrtsgenehmigung zur Arbeitsstelle warten und für die der Weg alles andere als das Ziel ist. Ich weiß ihre aufopferungsvolle Tätigkeit wirklich zu schätzen. Es sind die Verkehrsmeldungen des Deutschlandfunks, die dem unermüdlichen Einsatz der Pendler, Zusteller von Onlinebestellungen und Beförderer von Retouren ein Denkmal gesetzt haben, das jeden Tag in neuem Glanz und neuer Gestalt erstrahlt. Diese Meldungen sagen uns: Wir sind nicht umsonst unterwegs, wir können jederzeit Teil dieses gigantischen föderalen Staus werden. Und dank der Verkehrsmeldungen des Deutschlandfunks wissen wir ganz genau, wo überall in der Bundesrepublik man zum Stehen, zum Innehalten kommen kann. Dieses Wissen darf nicht einfach aufgegeben werden.

## Kein Grund zum Feiern

In Frankfurt am Main gibt es seit über zehn Jahren ein Witzemuseum. Da hängen die Witze an der Wand, als ob sie lauter Kunst wären, und die Leute stehen davor und starren entgeistert drauf. Zum Teil uralte, verstaubte Scherze, man schämt sich richtig, wenn man das mit ansehen muss. Witze im Museum, Museumswitze. Es ist unfassbar. Im Keller steht die größte Bartwickelmaschine Hessens und wickelt sich einen Wolf, denn so schnell, wie die Bärte der Witze wachsen, so schnell kann eigentlich keine Wickelmaschine wickeln. Muss man sich das ansehen? Nein, es gibt 238 wirklich sehr gute Museen in Frankfurt, unter anderem das Verteilerfingermuseum in Höchst, die Bodensteinsche Schnabeltassensammlung in Rödelheim und das Roland-Koch-Mausoleum im Keller der Müllverbrennungsanlage Nordweststadt, alle liebevoll, kenntnisreich und benutzerfreundlich gestaltet; wer es meditativer will, kann auch noch das Unkraut-Gärtlein der Anna-Magdalena Poth in Sossenheim anschauen, das alles jedenfalls wird den Fremden erfreuen, bereichern und ihn mit einem guten Gefühl zurück in seine verranzte Heimat fahren lassen. Aber nur, wenn er die Finger und die Augen vom Witzemuseum lässt.

Museum für Komische Kunst haben sie das genannt, damit man denkt, das könnte hier wer weiß was sein. Na klar, ceci n'est pas un pipe, das ist ein ganzes Heim für Pfeifen, ha! Für Schnurrpfeifen übelster Provenienz. Es geht schon vor der Tür los. Ein Elch im Übergangsmantel. Das Wappentier des Frankfurter Humors. Ein Elch! Die trübsinnigste Kreatur, die sich denken lässt, weshalb knallen die sonst so friedfertigen Schweden den Elch mit Begeisterung ab? Weil er ihnen einfach zu doof ist. Der Frankfurter stellt sich den Elch vor die Tür, zieht ihm einen Mantel an und denkt, das ist komisch. Komisch ist vor allem, dass für so etwas Geld ausgegeben wird. Und für ein Bernd-Hölzenbein-Museum ist nichts da. Aber für den Mantel-Elch aus eitel Bronze.

Na gut, Sie müssen den Elch ja nicht beachten, Sie können auch gleich reingehen und sich das Elend anschauen. Unten aktuelle Ausstellung, oben Dauerausstellung. Warum Dauerausstellung? Weil es ganz schön lange dauert, bis man über irgendwas lachen kann, und dann stellt sich raus, das ist ein echter Heizkörper. Es dauert auch ganz schön lange, bis man sich das alles angesehen hat. Eine Abteilung für Arztwitze, eine für Ostfriesenwitze, eine für Häschenwitze und eine für Witze über Päpste mit künstlichem Darmausgang. Sind immerhin sieben Bilder. Die größte Sammlung künstlicher Darmausgangswitze in Europa. In Mexiko haben sie allerdings ein ganzes Museum in Tihuana, da kommt man nur durch einen künstlichen Darmausgang rein, das ist nun wirklich komisch.

Das meiste, was da in der Dauerausstellung an der Wand hängt, stammt von Künstlern der so genannten Neuen Frankfurter Schule. Frankfurt, wegen der Würstchen, verstehen Sie? Das sind ganz arme Würstchen gewesen, so lange, bis die Stadt Frankfurt ihren ganzen Mist aufgekauft hat für Hunderte von Euros. Und warum Neue Frankfurter Schule? Weil das ziemlich neu war, dass man für so was auch noch Geld kriegt. Genau 783 Nudelhölzer hat Museumschef Achim Frenz bislang erwerben können und damit die, Sie ahnen es, größte Nudelholzsammlung der Welt angelegt. Sehr beeindruckend bestimmt, zum Glück liegt das ganze Zeug im Keller, direkt neben der Bartwickelmaschine, aber irgendwann wird das gnadenlos ausgestellt. Zugegeben, das Nudelholz ist eine der furchtbarsten Waffen des deutschen Humors und Frauen wissen es virtuos zu handhaben. 1920 reichte die Abbildung eines unbekleideten Nudelholzes und die Menschen lagen schreiend am Boden. Aber fast hundert Jahre später ist Luft raus aus dem Nudelholz, genau wie aus dem Luftballon mit der Aufschrift »Bar«, der früher obligatorischer Bestandteil jedes Witzes mit Betrunkenen war. Heute kann man lange nach einer Bar suchen, in der man zum Abschied einen Luftballon überreicht bekommt. Von den Luftballons hat Franz erst drei Stück erwerben können, die allerdings ziemlich inkontinent sind und die Luft nicht mehr halten können.

Das wertvollste Exponat der historischen Abteilung ist ein altägyptisches Nudelholz, mit dem Kleopatra ihren Mann zur Mumie machte oder zur Minna, die schreckten ja damals von nichts zurück. Den Stempelaufdruck »Made in China« erklärt Museumschef Achim Frenz mit der Tatsache, dass das gute Stück damals von Marco Polo persönlich nach Frankfurt gebracht worden sei. 8.653 Euro hat der Witz gekostet und hier im Museum hoffen sie ernsthaft, das sei heute das Zehnfache wert. Ohne Witz. Allein das Holz! Wie gesagt, der ganze Laden ist ein Witz, allerdings auch der einzige. Personell sehr üppig ausgestattet, neben jedem Bild steht ein Wärter, der den erstarrten Besucher bei Bedarf durchkitzelt, damit der die gewünschte Reaktion zeigt. Und der Bedarf ist natürlich riesengroß. Eine Kolonne von zwanzig Restauratoren ist ständig unterwegs, weil die Bilder mehrmals am Tag Staub ansetzen und manche sogar Patina. Wird alles sorgfältig entfernt auf Kosten der Steuerzahler. Um das Maß voll zu machen, beschäftigt der Herr Direktor, den alle mit Dr. Frenz ansprechen müssen, einen Leibkoch und zwei Vorkoster, weil er dem Koch und dem einen Vorkoster nicht traut. Da hört der Spaß ja wohl endgültig auf.

Wenn Ihnen das alles noch nicht reicht, dann schauen Sie sich doch bitte noch den ausgestopften Kragenbären an (2. Stock, 3. Gang, ganz links, immer dem Schimmelgeruch folgen), den Robert Gernhardt noch zu Lebzeiten dem hoffnungslos überforderten Museumsleiter aufgebunden hat. Angeblich stand das Tier Modell für das Versepos: »Der Kragenbär, der holt sich munter, einen nach dem andern runter.« Schönes Tier, alles was recht ist, und auch der Reim ist ganz passabel, aber 150.000 Euro sind ein ordentlicher Schluck aus der Pulle, auch wenn Gernhardt den Bären selbst gejagt und zur Strecke gebracht hat und zwar in »Olli's Trödelladen«, wie eine vergilbte Quittung belegt, die das Tier noch in der Tatze hält. Ein Museum der Superlative, überhaupt gar keine Frage und mit Sicherheit das beste Museum für komische Kunst, das es in Frankfurt zurzeit gibt.

## Betrunken Fahrradfahren ist ein Menschenrecht

Der ADAC und der Auto Club Europa verlangen, dass die Promillegrenze für Fahrradfahrer gesenkt wird. Da fragt man sich natürlich, seit wann entscheiden eigentlich Automobil-Lobbyisten, in welchem Aggregatzustand wir Fahrrad fahren sollen? Gegenwärtig darf man noch ungestraft mit immerhin 1,6 Promille herumradeln, doch damit soll bald Schluss sein. Ich aber fordere: Erhöht die Promillegrenze oder besser noch, hebt sie endgültig auf! Betrunken Fahrradfahren ist ein Menschenrecht und wer dieses Recht in Anspruch nimmt, darf nicht noch bestraft werden. Der Mensch ist das einzige Wesen im Weltall, das alkoholisiert Fahrradfahren kann, ja, ich würde sogar sagen, das alkoholisiert Fahrradfahren muss. Ich bin in meinem Leben schon sehr oft betrunken Fahrrad gefahren, ich habe es gerne getan und würde es immer wieder tun. Denn erst der Alkohol verleiht meinem Fahrstil eine Eleganz, die mir nüchtern oft abgeht. Ich bin für harte Strafen, wenn man ohne Beleuchtung radelt, das ist grob fahrlässig, wer dagegen einen Helm aufzieht, soll nicht bestraft werden, denn er ist durch den Helm schon genug entstellt.

Null Promille im Auto ist selbstverständlich, denn beim Auto handelt es sich um eine tödliche Waffe, die nur von nüchternen Schützen bedient werden sollte. Null Promille auch auf dem E-Bike, denn das kann sich in der Hand eines betrunkenen pensionierten Studienrats zu einem unkontrollierbaren Geschoss entwickeln. Aber auf dem stromlosen, nur durch Muskel- und Willenskraft betriebenen Rad, da dürfen keine Promillegrenzen gelten. Eine ganz aktuelle Studie des Verkehrssicherheitsrats kommt zu dem Ergebnis, dass man mit 1,6 Promille durchaus fahrradfahrtüchtig ist.

Ein durchschnittlicher Mann muss neun kleine Biere trinken, um auf den Wert von 1,6 Promille zu kommen. Wie schnell sind an einem geselligen Abend neun kleine Biere verzehrt? Vor allem, wenn man stattdessen neun große genommen hat. Soll man demnächst etwa immer mitzählen? Was kommt denn jetzt noch? Die Wegfahrsperre für Radfahrer? Muss man vor Fahrtantritt in das Ventil des Vorderreifens blasen und, wenn man zu viel getrunken hat, verfärbt sich das Rücklicht blau?

Ein Sprecher des Deutschen Anwaltsvereins erklärte: »Wer alkoholisiert fährt, gefährdet in der Regel nur sich selber.« Das kann ich bestätigen. Vor drei Jahren kredenzte mir ein Freund mehrere Weine, die »unbedingt weg müssten«, wie er sich ausdrückte. Dazu hörten wir Musik aus verschiedenen Anbaugebieten. Beim Abspielen des Weißen Albums der Beatles gab sein CD-Player den Geist auf und ich musste mit der Lebensgefährtin des Freundes das gesamte Album selber singen. Das gelang uns so vorzüglich, dass wir das Ganze wiederholten. Wir bewältigten sogar mühelos das Experimental-Hörspiel Revolution No. 9.

Kurz vor Mitternacht bemerkte ich, dass keiner mehr mitsang, und ich verabschiedete mich. Zu meiner Überraschung war die Zeit draußen schneller vergangen, der Morgen dämmerte bereits, ich setze mich auf mein Fahrrad, fuhr etwa 50 Meter, dann stürzte ich so geschickt, dass ich wie in Zeitlupe mit dem halben Gesicht auf dem Bürgersteig aufschlug und zwar so, dass meine Nase genau an der Bordsteinkante vorbeiglitt, versuchen Sie einfach, sich das vorzustellen, nüchtern kann man das eigentlich kaum beschreiben. Jedenfalls war meine Gleitsichtbrille hinüber, ein Schaden von mehr als 1.000 Euro. Ich hatte nicht nur mich gefährdet, sondern auch meine Ersparnisse, aber sonst war niemand verletzt worden. Dieses Beispiel möge allen als Warnung dienen, beim Trinken niemals teure Brillen aufzusetzen. Das müsste man wirklich mal gesetzlich regeln, es sollte Billigbrillenausgabestellen geben, an denen man sich vor einer Trunkenheitsfahrt mit Sehhilfen versorgen kann. Aber das nur nebenbei. Man hat uns die Zigarette, die Glühbirne, die D-Mark und den 1.600 Watt-Staubsauger genommen und demnächst müssen wir auch noch den zweischlitzigen Toaster beim Energiekommissar abliefern.

Wie sollen wir denn aus dieser überreglementierten Gesellschaft fliehen? Das geht doch nur noch betrunken auf dem Fahrrad. Und was unterscheidet den Angehörigen der westlichen Wertegesellschaft vom Islamisten? Die Fähigkeit, ja, der feste Wille, betrunken Fahrrad zu fahren! Wem das noch nicht einleuchtet, der sollte sich folgende Zahlen vor Augen halten: Weniger als fünf Prozent aller an einem Unfall beteiligten Fahrradfahrer sind alkoholisiert, über 95 Prozent sind nüchtern, der nüchterne Radfahrer ist also fast zwanzigmal so gefährlich wie der betrunkene.

## Urlaub im eigenen Kopf

»Das ganze Unglück der Menschen rührt allein daher, dass sie nicht ruhig in einem Zimmer zu bleiben vermögen«, wusste der Philosoph Blaise Pascal schon im 17. Jahrhundert. Damals war die Auswahl an Tätigkeiten außerhalb der eigenen vier Wände allerdings noch ziemlich begrenzt, heute, im ausgehenden Outdoor-Zeitalter, liegt noch sehr viel mehr Wahrheit in Pascals Worten. Die Menschen sind von einem unheilvollen, zerstörerischen Bewegungsdrang besessen. Sie wakeboarden und snowkiten und raften durch Canyons. Sie binden sich ein Gummiband ans Bein und lassen sich von Brücken fallen oder mit Hubschraubern auf Berggipfeln abwerfen, um dann mit Skiern oder Fahrrädern wieder downzuhillen. Das tun Menschen in Urlaub und Freizeit, um angeblich Grenzerfahrungen oder Challenges zu erleben und zu sich selbst zu finden. Das ginge im eigenen Zimmer sehr viel schneller, denn zuhause findet man sich recht zuverlässig, zur Not reicht ein Blick in den Spiegel.

Im Grunde genommen bringt jede Form der Bewegung große Probleme mit sich, sowohl ökologische als auch moralische und ökonomische. Rückblickend wird mir klar, wann immer ich mich in meinem Leben mehr als unbedingt nötig bewegt habe, hatte das gravierende Folgen. Beispielsweise einen ungünstig verzinsten Kreditvertrag für eine Doppelhaushälfte, die ich gar nicht gebraucht hätte, wenn ich in meinem Zimmer geblieben und nicht auf die Party gegangen wäre, auf der ich die Mutter meiner Kinder kennenlernte. Dagegen habe ich einige meiner größten Erfolge durch fast vollständige Bewegungslosigkeit errungen. So gelang es mir, einen semiprofessionell schachspielenden Freund zu demütigen, in dem ich stundenlang über jedem Zug brütete, bis er einen idiotischen Fehler machte und ich ihn mattsetzen konnte.

Im Laufe von Verhandlungen mit einer deutschen Illustrierten war ich so verblüfft über das angebotene Honorar, dass es mir die Sprache verschlug. Mein Gegenüber missdeutete mein Schweigen und erhöhte dreimal sein ohnehin schon gutes Angebot. Hätte ich meine Lippen nur einmal bewegt, wäre mir viel Geld entgangen. Nach wenigen Wochen war ich entlassen, weil ich den Fehler gemacht hatte, auch wirklich einen Text abzuliefern. Jeder Autor weiß, die besten Werke sind die, die man nie geschrieben, sondern sich nur vorgestellt hat.

In alten Filmen sagten Männer mit Schusswaffen gerne: »Keine falsche Bewegung!« Ein Satz, den man leider kaum noch hört und es ist schon kein gutes Zeichen, dass man nur mit vorgehaltener Pistole dazu gezwungen werden kann, sich richtig zu bewegen. Krokodile können tagelang bewegungslos im Wasser liegen, bis sie dann plötzlich zuschnappen und ein hektisch zappelndes Gnu verschlingen. Das Krokodil hat die Dinosaurier überdauert und wird auch den Menschen überleben, weil Funsport nicht sein Ding ist. Es hat gewöhnungsbedürftige Tischmanieren, doch seine CO2-Bilanz ist makellos, es betreibt keine Elektrogeräte, denn es ist sein eigener Thermomix, es fliegt nicht mit dem Flugzeug und benutzt kein Dieselauto, es bleibt zuhause. Wäre ich nicht so phlegmatisch, würde ich den Ratgeber »Entdecke Dein inneres Krokodil« schreiben. Nutzen wir die Weisheit des Reptils und warten einfach zuhause ab, bis etwas Interessantes vorbeikommt. Wenn man die Finger vom Internet lässt, kann man in den eigenen vier Wänden wenig Schaden anrichten und sowohl als auch umweltfreundlich kostengünstig entspannen und verreisen. Es ist möglich, wochenlang einen Tag in Dublin zu verbringen, indem man den »Ulysses« liest, eine echte Challenge, die alle Hirnmuskeln beansprucht. Wer Action in Griechenland bevorzugt, ist mit der »Ilias« mehr als gut und blutig bedient. Wer dagegen einen echten Höllentrip mit himmlischem Ausgang erleben will, greift zu Dantes »Göttlicher Komödie«. Und damit das Indoor-Erlebnis noch intensiver wird, sollte man bei der Lektüre unbedingt Outdoor-Kleidung anziehen. Dann steht dem gelungenen Urlaub im eigenen Kopf nichts mehr entgegen.

## Mut zur Mutlosigkeit

*»Jeder Idiot kann eine Krise meistern;*
*es ist der Alltag, der uns zermürbt.«*
(Anton Tschechow)

Ich muss zugeben, dass ich kein besonders mutiger Mensch bin. Wobei wahrscheinlich gerade zu diesem Bekenntnis sehr viel Mut gehört. Mir fehlt oft schon der Mut aufzustehen, wenn ich mir vorstelle, was an einem Tag alles schief gehen kann. Im Bett ist man noch halbwegs sicher, aber sobald man ans Telefon, ins Internet oder an den Briefkasten gegangen ist, können Katastrophen aller Art auf einen warten. Steuerprüfung, Schimmel im Keller, der Sohn braucht Geld, Putsch in der Türkei. Im Bett kriege ich davon nichts mit, aber leider fehlt mir der Mut, den ganzen Tag im Bett zu bleiben, weil meine Frau dann denkt, ich hätte Depressionen. Also stehe ich wider besseres Wissen auf und stelle mich halbherzig den Zumutungen des Alltags oder, wie man heute so sagt, den Challenges.

Wobei »stellen« jetzt auch ziemlich hoch gegriffen ist, ich versuche etwa 90 Prozent der Entscheidungen so lange auszusitzen, bis sie unumgänglich geworden sind wegen Mahngebühren oder Einsendeschluss. Manchmal bezahle ich Rechnungen sofort und manchmal lasse ich sie liegen, ohne ein erkennbares System. Mir fehlt der Mut zum systematischen Arbeiten, weil ich glaube, das beengt mich in meiner Kreativität, mir fehlt aber auch der Mut zur völligen Anarchie, zum Widerstand gegen Behörden, Zahnärzte, Polizeidirektionen, die Familie oder die Krankenkasse. All diese Entscheidungen, die unbedingt getroffen werden müssen, machen mich wahnsinnig. Deshalb spiele ich auch niemals Schach, obwohl ich es kann. Aber die Vielzahl der möglichen Züge und der vorauszuahnenden Gegenzüge legen mich vollkommen lahm. Entscheiden kann ich mich eigentlich nur, wenn ich nicht nachdenke, und dazu fehlt mir der Mut, weil ich zu oft mit Folgen solcher Entscheidungen konfrontiert war. Zug, Auto oder Flugzeug? Frankreich, Spanien oder Griechenland? 10.000 Handytarife, 5.000 Stromanbieter, Tausende von Automarken und Modellvarianten, kein Wunder, dass Vergleichsportale so erfolgreich sind. Aber dem Internet darf man gar nichts glauben, der Algorithmus hat mich längst als entscheidungsschwach und mutlos eingestuft und droht mir mit »nur noch ein Zimmer in Ihrer Kategorie«, »3.491 Interessenten sehen sich dieses Angebot gerade an« oder »heute schon 61 Flüge verkauft«.

Ein Erfolgsgeheimnis der DDR war es, den Bürgern die Entscheidungen abzunehmen. Sie mussten nicht ständig auswählen, sondern konnten ihr politisches Bewusstsein schulen und sich dem Klassenkampf widmen. Ich befürchte, ich würde in einem totalitären Staat prima klar kommen, aber mir fehlt zum Glück der Mut zu einer Reise nach Nordkorea.

# Wie kommt man eigentlich auf so was?

Einfach mal fünf dicke Bücher schreiben über alles, was einem grad so durch die Birne rauscht? Wie kommt man auf so einen verrückten Einfall? Schafft man das nur als unrasierter Norweger oder kriegt das jeder hin? Ein Rundgang durch Hölle und Fegefeuer mit anschließendem Paradiesbesuch? Ein Internat für Zauberer mit sprechenden Eulen und Hauselfen? Ein beinamputierter Kapitän, der einen weißen Wal jagt? Als Gregor Samsa eines Morgens aus unruhigen Träumen erwachte, fand er sich in seinem Bett zu einem ungeheuren Ungeziefer verwandelt? Solche Ideen sind kein Produkt des Zufalls, sondern das Ergebnis von Inspirationen, und die kann jeder haben, wenn er die geeigneten Inspirationsquellen kennt. Ich stelle Ihnen die zwölf wichtigsten vor.

**1. Äpfel** – Friedrich Schiller ließ sich vom Geruch verfaulender Äpfel inspirieren. Vor allem die Produktion von »Wilhelm Tell«, einem Drama, in dem es um Apfelmissbrauch mit Todesfolge geht, wurde durch das sich langsam zersetzende Obst in der Schreibtischschublade des Künstlers befördert. Wer die berauschenden Dämpfe verfaulender Äpfel einatmet, kann also damit rechnen, dass ihm zumindest ein paar schillernde Zeilen einfallen. Man wird durch unterschiedliche Sorten die verschiedensten Eingebungen erzielen. Verfaulende Boskopäpfel verführen eher zu säuerliche Betrachtungen, während schon ein verwesender Golden Delicious zum Verfassen einer völlig geschmacklosen Satire reizen kann.

**2. Tomate** – Ein Kilo holländischer Tomaten hat Georg Friedrich Händel zu einem seiner schönsten Werke angeregt, nämlich der »Wassermusik«.

**3. Adolf Hitler** – Der deutsche Reichskanzler inspirierte den Regisseur Ernst Lubitsch zu seinem wohl besten Film »Sein oder Nichtsein«. Wer sich heutzutage ein Foto von Adolf Hitler anschaut, wird häufig zum Kauf eines Films mit Bruno Ganz inspiriert oder zum Kauf von braunen Schuhen oder einem Urlaub in Österreich. Der unrasierte Norweger Karl Ove Knausgård übernahm einfach den Titel von Hitlers Bestseller und erlangte Weltruhm, Günter Grass wurde durch Hitler zur Mitgliedschaft in der SS inspiriert, was er später mit großem Erfolg literarisch ausschlachten konnte.

**4. Züge** – Künstler genießen das Leben gern in vollen Zügen. Schriftsteller, die einen ICE sehen, neigen dazu, ihr Manuskript mit großer Verspätung abzugeben. Der Anblick eines Regionalexpress' regt eher zu trüben, ja depressiven Gedanken an. Man sollte es als Künstler unbedingt vermeiden, einen Regionalexpress anzuschauen. Goethe hat in seinem ganzen Leben niemals einen Regionalexpress gesehen, was sich auf sein Schaffen sehr positiv ausgewirkt hat. Gleiches gilt für Dostojewski, Tolstoi und Gustave Flaubert. Martin Walser ist dagegen sogar mehrfach mit einem Regionalexpress gefahren.

**5. Arzt** – Der Anblick eines Arztes, oft auch nur seine Stimme oder eine Schachtel Tabletten führen beinahe automatisch zu Meisterwerken der Weltliteratur. Kaum hatte Thomas Mann seinen Proktologen gesehen, schrieb er den »Zauberberg«. Boris Pasternak schrieb »Dr. Schiwago«, nachdem er mit seinem Urologen telefoniert hatte, und als Ian Flemming eine Arztrechnung betrachtete, verfasste er »Dr. No«. Goethe schrieb »Dr. Faust« und Vitali Klitschko schrieb »Unter Brüdern«.

6. **Elefant** – Wer nur zehn Minuten täglich einen Elefanten betrachtet, kommt auf die schwierigsten Einfälle, allerdings wird man sich an nichts mehr erinnern, weil man ja kein Elefant ist. Leonardo da Vinci malte die »Mona Lisa«, nachdem er glaubte, einen Elefanten gesehen zu haben. Es war aber in Wirklichkeit ein Nashorn und zwar auf einem Bild von Dürer. Der hatte sich zu seinem Nashornbild übrigens durch einen Hirschkäfer inspirieren lassen, der später wegen Hochstapelei verhaftet wurde.

7. **Kinder** sind ein steter Quell der Freude und bewegen uns zu den großartigsten Taten, derer ein Mensch fähig ist, wie dem Abschluss eines Bausparvertrags, dem Kauf einer Doppelhaushälfte oder der Unterzeichnung einer Leasingvereinbarung für einen Kleintransporter mit Allradantrieb. Kinder sind aber auch sehr anstrengend. Viele Männer entschließen sich nur deshalb, Schriftsteller zu werden, damit sie einen Vorwand haben, sich zurückzuziehen und »Ich kann so nicht arbeiten« zu rufen.

8. **Geld** – eine der bewährtesten und sichersten Inspirationsquellen überhaupt. Sobald ein Autor einen Vorschuss von 100.000 Euro sieht, fühlt er sich zu praktisch allem zwischen 300 und 1.900 Seiten angeregt. Diese großartige Inspirationshilfe wird von Verlagen leider noch viel zu selten genutzt.

9. **Kaffeewärmer** – Der Anblick eines Kaffeewärmers inspiriert Künstler sehr oft dazu, eine Tasse Kaffee zu trinken. Honoré de Balzac trank beim Schreiben täglich

vierzig Tassen Kaffee. Wissenschaftler streiten, ob er Kaffee trank, um schreiben zu können, oder geschrieben hat, um Kaffee trinken zu können.

**10. Geburt** – Die eigene Geburt ist ein höchst anregendes Erlebnis. Nicht selten folgt darauf ein ganzes Leben, in dessen Verlauf zahllose Kunstwerke geschaffen werden können. Picasso sagte, wenn er nicht geboren worden wäre, hätte er viel weniger gemalt.

**11. Kranich** – Wer einen Kranich sieht, muss unweigerlich an einen Reiher denken, und wer an einen Reiher denkt, assoziiert damit sofort ein Reihenhaus. Kommt noch ein Reiher dazu, ist es eine Doppelhaushälfte. Und wenn man erstmal an eine Doppelhaushälfte gedacht hat, kann man alles andere vergessen. Man muss sich einmal klar machen, dass nur ein Werk der Weltliteratur durch eine Doppelhaushälfte inspiriert wurde, nämlich »Das doppelte Lottchen«. Je mehr Doppelhaushälften es in einem Land gibt, umso schlechter ist es um die Kunst bestellt.

**12. Ronald Pofalla** – Die Wirkung des ehemaligen Kanzleramtsministers und Bahn-Vorstands als Inspirationsquelle ist noch relativ unerforscht. Kreativitätsexperten gehen aber davon aus, dass sein Anblick beim Betrachter praktisch nichts, also rein gar nichts auslöst. Empfehlenswert als Meditationshilfe, wo man ja auch am besten an nichts denken sollte. Vielen Westeuropäern fällt das schwer, sie können stattdessen einfach an Ronald Pofalla denken. Martin Walser denkt beim Schreiben immer nur an Ronald Pofalla.

## Dreck machen

1978 war ich ein mittelfrustrierter 21jähriger. Ich hatte zu viele Schuljahre absolviert und zu wenig Sex gehabt. Ich konnte weder Gitarre spielen noch rauchen, kannte keine Kartentricks und Angst bewusstseinserweiternde Drogen zu nehmen, weil ich befürchtete, dass es da nicht viel zu erweitern gab. Die Frau meiner Träume hieß Emma Peel und Punkmusik war mir eigentlich zu brutal. Aber mir gefiel die anarcho-nihilistische Grundhaltung der Bewegung und die Punk-Fanzines faszinierten mich besonders. So ein zusammengeklebtes und -geschustertes Heftchen wollte ich auch machen. Nachdem ich längere Zeit mit dem Titel »Revolverblatt« geliebäugelt hatte, entschied ich mich für »Dreck«, das klang brutaler, klarer, ehrlicher. Meine ganze Verachtung für das System und alle, die mehr Erfolg bei Frauen hatten, klang darin an. Ich schrieb ein paar Texte und bald wurde mir klar, dass ich das alleine niemals schaffen würde. Jetzt erwies es sich doch als Vorteil, dass ich auf dem Gymnasium viele Klassen mehrfach durchlaufen hatte, denn dadurch hatte ich irgendwann auch die geeigneten Mistreiter für das Blatt kennengelernt. Alle hatten irgendeine Rechnung mit der Welt offen und es war nicht immer dieselbe. Rü hatte Farbenlithographie bei Mohndruck studiert, Fritz kannte *Mad* auswendig, Harald war nach zwei Jahren Schülerunion vollkommen traumatisiert und Christian durch kommunistische Gehirnwäsche davon überzeugt, jederzeit die Weltherrschaft übernehmen zu können. Wir liehen uns eine Kugelkopfschreibmaschine für zehn Mark, plus zwei Kugelköpfe mit unterschiedlichen Schrifttypen für zwei Mark, wir schnitten skurrile Überschriften aus anderen Zeitungen, klebten sie neu zusammen und am Ende hatten wir die Vorlage für die erste Ausgabe von *Dreck*, die wir in einem Copy-Shop drucken oder besser vervielfältigen ließen. Auf dem im Stil von Robert Crumb gezeichneten Titel saß eine langhaarige heruntergekommene Gestalt auf dem Klo und las *Dreck*. Crumb, der Chronist der Hippie-Bewegung, auf dem Cover eines Semi-Punk-Dada-Satiremagazins? Wir gehörten weder zur einen noch zur anderen Bewegung, zu jung für 68 und zu alt für Punk, wie es Diedrich Diederichsen sehr viel später formulieren sollte. Die erste Ausgabe war gratis, wir verteilten die Auflage von ca. 300 Exemplaren nach wenig nachvollziehbaren Kriterien. Ich legte heimlich mehrere Hefte ins Lehrerzimmer des Ratsgymnasiums, aber der von mir erhoffte Skandal blieb aus, wahrscheinlich weil wir infantile Pseudonyme wie Admiral Tirpitz, L.M. Opekuh oder Roden von Bäumen (mein Favorit) benutzten. Die zweite Ausgabe kostete schon 50 Pfennige, ich kann mich nicht erinnern, ob das jemand bezahlt hat. Optisch wirkte das Heft, als habe jemand ein schlecht gestaltetes Magazin nochmal besonders schlecht kopiert. Jedes Heft war randvoll mit größenwahnsinnigen Manifesten, rabiaten Satiren, opulenten Kurzgeschichten, anarchischen Comics und Service-Rubriken wie »Rent-A-Redakteur« oder dem Angebot, für Geld andere Menschen, Behörden oder Staaten zu beleidigen. Ein Heft musste Rü mit der Nähmaschine nähen, weil wir vergessen hatten, uns einen Apparat zu leihen, der die Seiten verklammerte. Jemand schenkte uns mehrere alte Letraset-Bögen, aus denen wir begeistert brüchige Buchstaben auf unser Layout rubbelten, irgendwann durften wir den urtümlichen Composer eines befreundeten Karthographie-Unternehmens benutzen und brachten erstmals so etwas wie Blocksatz zustande. Das Heft war jetzt fast durchgängig lesbar. Wir zogen solange durch die Gastronomien von Bielefeld, Münster, Osnabrück, Detmold, Herford und Hameln, bis wir die Auflage verkauft hatten. Mit den Einnahmen finanzierten wir das jeweils nächste Heft. Irgendwann, auf sehr komplizierten Wegen, nahmen wir Kontakt zur *Titanic* auf, wurden, bis auf Rü, und der auch beinahe, für kürzere oder längere Zeit Redakteure und ich brachte es, aufgrund meiner hohen Leidensfähigkeit, sogar zum Chefredakteur. 2019 übernahm das Bielefeld Stadtarchiv vier Bananenkisten mit Manuskripten, Fotos, Rechnungen, uralten Letrasetbögen und unserer gut geführten Abonnentenkartei. Dabei stellte sich heraus, dass die Ausgabe No. 16 in Rohform bereits vorhanden und ansatzweise konzipiert worden war. Wir beschlossen, noch ein weiteres Heft herauszubringen. Ich habe wohl an kaum einem Projekt mit mehr Freude gearbeitet. Zum ersten Mal seit langer Zeit hatte man wieder die volle Kontrolle über das Produkt, man schrieb nicht nur einen Text für ein größeres Ganzes, sondern gestaltete das größere Ganze gleich mit. Wir konnten Max Goldt, Til Mette und Eckhard Henscheid überreden, uns exklusives Material zur Verfügung zu stellen, und füllten den Rest der 160 Seiten mit Beiträgen, die kein anderes Medium genommen hätte außer unserem eigenen. Dank innovativer Anzeigenakquise hatten wir die Produktionskosten schon vor Erscheinen im Sack. Es war ein herrlich größenwahnsinniges Gefühl der Allmacht. Das Blattmachen ist schöner, erfüllender und natürlich großartiger als jede angebliche Selbstverwirklichung in den Sozialen Medien. Jeder Mensch sollte seine eigene Zeitung, sein eigenes Magazin gestalten. Das würde außer der Papierknappheit alle Probleme lösen.

## Wie ich beinahe alle Hoffnung fahren ließ

Es war ein schwüler Tag in Stuttgart. Jederzeit konnte ein Gewitter losbrechen und ich war mit einem sehr kleinen, nicht mehr ganz dichten Schirm unterwegs durch diverse Wohnviertel, die kein Ende zu nehmen schienen. Noch ein Platz und noch eine sehr breite Straße waren zu überqueren und dann hatte ich mein Ziel erreicht. Ich klingelte und nach ziemlich langer Zeit wurde mir geöffnet. Eine ältere Frau, eigentlich also eine Frau in meinem Alter, öffnete die Tür einer dämmrigen Wohnung und bat mich in die Küche. Auf dem Tisch lag bereits das Buch, das sie bei Ebay eingestellt hatte. Ich überprüfte es und sie erklärte, sie habe es von einer Tante geerbt, aber sie könne kein Italienisch, ob der Preis denn in Ordnung sei, ich verstünde ja bestimmt mehr davon. Sie schien mich für einen verkleideten Antiquar zu halten und möglicherweise sah ich auch aus wie einer, man hat in solchen Momenten wenig Außenwahrnehmung. Ich begann zu schwitzen, ich war die Strecke ziemlich schnell gegangen und die Schwüle hatte das Ihrige beigetragen. Mir tropfte der Schweiß von der Stirn, ich sah bestimmt aus wie ein Betrüger. Ich bat um ein Papiertaschentuch, damit ich nicht das Buch volltropfte. Im Hintergrund hörte ich Geräusche und irgendwann löste sich ein Mann aus dem Halbdunkel der Wohnung, der mir namentlich und als Nachbar vorgestellt wurde. Der hatte mich also aus dem Hintergrund beobachtet und glaubte, nun sei der Moment gekommen, um Präsenz zu zeigen, um mir deutlich zu zeigen, für meinen Betrug müsse ich mir schon andere

Opfer suchen. Ich sagte, ich sei mit dem Preis einverstanden, ich wollte dringend raus. Ich zählte die Scheine auf den Tisch und wartete, dass man mir das Buch offiziell übergeben würde. Die Frau nahm das Geld zögerlich entgegen und sagte, ich solle sie nicht missverstehen, es sei nicht persönlich gemeint, aber wie könne sie sicher sein, dass das kein Falschgeld sei? Das könne ich natürlich nicht garantieren, antwortete ich, es sei Geld aus dem Bankautomaten und ich ginge davon aus, dass es echt sei. Der Mann und die Frau hielten die Scheine gegen das Licht der Küchenlampe. Ich schwitzte immer stärker. Sie wendeten die Banknoten und blickten erst sich und dann mich ratlos an. »Woran erkennt man eigentlich Falschgeld?«, fragte die Frau. »Da ist doch so ein Hologramm drin und ein Sicherheitsfaden«, meinte der Mann. Ich zuckte die Schultern und bot an, mit ihnen zu einem Bankautomaten zu gehen und vor ihren Augen frisches Geld zu ziehen und es ihnen zu übergeben. Sie schien nicht völlig abgeneigt, hatte aber wohl andererseits Angst, den Schutz der Wohnung zu verlassen. Sie sagte, man lese ja öfter mal davon, ich nickte, obwohl ich noch nie davon gelesen hatte. Es war jedenfalls nicht gut, dass ich ein helles Hemd trug, ich fühlte, wie sich dort ein enormer Schweißfleck ausbreitete, es war nur eine Frage der Zeit, bis er sich auch auf meinem Jackett abzeichnete. Mein Geld kam mir mit jedem Moment falscher vor. Ich schau mir die Scheine aus dem Automaten nie an, ich zähle sie auch nicht nach. Man könnte mir jederzeit Falschgeld unterjubeln. »Tja, was machen wir jetzt?«, fragte die Frau. Ich zückte meinen Personalausweis, sie könne ihn kopieren oder sich alle Daten abschreiben und wenn es Probleme mit dem Geld gäbe, dann hätte sie ja meine Personalien. Das Angebot wurde akzeptiert, obwohl der Ausweis ja auch gefälscht gewesen sein könnte. Der Mann hielt den Ausweis ins Licht, aber diesmal nur, damit er besser daraus vorlesen konnte, die Frau notierte sich alles. Die Frau verglich das biometrische Passbild mit meinem völlig unbiometrischen Gesicht. »Das sind Sie doch?«, fragte sie zaghaft lächelnd. »Größtenteils«, sagte ich, um die Stimmung zu entkrampfen. Passfotos sind immer problematisch, eigentlich sollte so etwas wie »Serviervorschlag« dranstehen oder »Inhalt kann von der Abbildung abweichen«. Der Mann begann sich wieder langsam ins Halbdunkel zurückzuziehen. Draußen war es sehr dunkel geworden, das Gewitter war direkt über uns. Ich hatte immerhin eine Plastiktüte dabei, um das Buch zu transportieren. Die Frau gab mir den Ausweis zurück und ich schärfte ihr ein, sie möge doch bitte meine Scheine getrennt von ihrem höchstwahrscheinlich echten Geld lagern, damit sie auch sicher wüsste, dass meine Banknoten die Probleme bereiteten. Wir schienen doch noch ins Geschäft gekommen zu sein, ich wollte nach dem Buch greifen, als zu meinem Entsetzen der Mann wieder aus dem Halbdunkel heraustrat und erklärte, es wäre wohl doch besser, wenn ich das Geld direkt vor ihren Augen aus einem nicht besonders weit entfernten Geldautomaten ihres Vertrauens ziehen würde. Nur dann könnten sie sicher sein, kein Falschgeld untergeschoben zu bekommen. Ich stimmte sofort zu, was ein Fehler war, wie ich auf dem ca. drei Kilometer langen Weg zum Geldautomaten bemerkte. Immerhin klappte es mit der Pin schon im zweiten Versuch, der Automat spuckte die 120 Euro ohne weitere Nachfragen aus. Vollkommen durchgeschwitzt übergab ich das Geld meinen Stuttgarter Peinigern und sie überreichten mir dafür boshaft oder auch freundlich lächelnd, das war in der jetzt fast vollständigen Dunkelheit kaum zu erkennen, die von Gustave Doré illustrierte Ausgabe der Göttlichen Komödie im italienischen Original aus dem Jahre 1898. Ich presste die Plastiktüte mit dem Buch fest an meine Brust und hörte erst wieder auf zu rennen, als ich die Ruine des Bahnhofs vor mir auftauchen sah. Während der Regen auf mich niederprasselte und Blitze mich um herumzuckten, atmete ich befreit auf. Ich war dem schwäbischen Kreis der Hölle entkommen.

## Ich wünsche mir eine unwürdige Beerdigung

Vor einiger Zeit bin ich 60 Jahre alt geworden, den genauen Zeitpunkt habe ich vergessen. Nachdem ich mir noch einige Tage lang einreden konnte, dass 60 das neue 59 ist, wurde mir irgendwann klar: Das war's. Da kommt nicht mehr viel, außer einer endlosen Reihe von Funktionskleidung in verschiedenen Schlammfarben. Man wird zu einer lebenden Werbetafel für North Face, Jack Wolfskin, Fjällräven, Deuter und Osprey. Kurz nach dem 60. Geburtstag wachsen einem links und rechts vom Fahrradgepäckträger rot-schwarze Ortlieb-Taschen, da kann man gar nichts machen. Und während die Greisenfüße dank Gore Tex immer trocken bleiben, kann man das von der Inkontinenzwindel leider nicht behaupten. Die Welt ist voll mit Seniorenratgebern, doch keiner sagt einem, dass man ab 60 eigentlich komplett am Arsch ist, überall heißt es stattdessen, man könne noch mal richtig durchstarten, die Kurve kriegen oder sogar das Leben erst richtig genießen, Hauptsache man trinkt genug Wasser, denn das tun wir Senioren nicht.

Aber wohin soll die wässerige Reise gehen, zu der wir durchstarten? Sie geht direkt in die Aufbahrungshalle. Eine absolute Gemeinheit. Jetzt, wo man so halbwegs weiß, wie dünn das Wasser ist, mit dem die anderen ihr Süppchen kochen, jetzt muss man anfangen aufzuhören. Bis dahin könnte ich noch Segeln lernen oder Tango tanzen, mir ein Motorrad kaufen oder an einem Gummiband befestigt irgendwo runterspringen. Oder auf die Rente warten. Die würde bei mir genau am 1.3.2023 beginnen und dann bekäme ich monatlich einen von drei Beträgen, die mir die Deutsche Rentenversicherung aufgeschrieben hat. Ich weiß aber nicht, welcher es sein wird. Dann habe ich endlich Zeit, all das zu machen, zu dem ich nicht gekommen bin. Aber was soll das sein? Ich habe alles gemacht, was ich machen wollte, für den Rest war ich zu feige, zu schlau oder zu phlegmatisch und außerdem fand ich Swingerclubs, FDP-Mitgliedschaft und Ferkelkastrieren nie so interessant.

Je älter man wird, umso größer wird auch die Gefahr, religiös zu werden. Dagegen lässt sich wenig einwenden, denn man hat natürlich keine gesicherten Erkenntnisse über das, was danach kommt. Deshalb halte ich es beispielsweise für sehr riskant, sich verbrennen zu lassen. Es wäre sogar ein großer Fehler, falls beispielsweise am Ende doch die Auferstehung des Fleisches angesagt ist, dann wäre es sicher von Vorteil, noch alle Knochen zu haben, denn irgendwo muss das Fleisch ja wieder drauf. Man vergibt sich jedenfalls nichts, wenn man auf einer Ganzkörperbestattung besteht. Und ich werde auch darauf bestehen, dass man mir eine Münze in den Mund legt, falls ich doch von Charon über den Styx gerudert werde.

Ich habe für den unwahrscheinlichen Fall meines Ablebens bereits umfangreiche Regelungen notariell beglaubigen lassen. Ich möchte eine extrem prunkvolle Beerdigung. Der Sarg muss reich verziert und so teuer und protzig wie möglich sein. Eine Kutsche mit vier Schimmeln soll den Sarg drei Stunden durch die Stadt fahren, welche, ist mir egal. Wenn man mich zu Grabe trägt, säumen den Weg Hunderte von Menschen, die kopfschüttelnd da stehen und sagen: »Was glaubt dieser Bursche eigentlich, wer er ist, ein Habsburger Kaiser? Das ist doch rausgeschmissenes Geld, das hätte er lieber seinen Kindern geben sollen.« Viele schlagen sich sogar mit der flachen Hand vor die Stirn, weil sie so viel Unvernunft kaum fassen können.

Diese Kopfschüttler und Stirnschläger sind von mir im Voraus bezahlte Statisten, genau wie die Frauen jeden Alters, die an meinem Sarg tränenreich von mir Abschied nehmen werden. Es soll alles absolut großkotzig, geschmack- und stillos und natürlich pietätlos wirken. Ich hinterlasse bewusst auch kein Testament, damit sich die Hinterbliebenen möglichst lange und hoffentlich öffentlichkeitswirksam streiten können und mein Name nicht in Vergessenheit gerät. Geistliche aus den führenden fünf Weltreligionen sollen mir den Segen geben, denn ich weiß ja nicht, welche sich am Ende durchsetzt.

Und von wegen: Das letzte Hemd hat keine Taschen, das ist der größte Blödsinn von allen. Meins besteht nur aus Taschen, ich nehme alles mit ins Grab, was ich besessen habe. Die 3.500 eingeschweißten Bücher, die 7.000 Schallplatten, die Filmplakate-Sammlung, die Rotweine, die Weißweine, den Champagner und mein Smartphone. So haben das die ägyptischen Pharaonen auch gemacht und die waren sehr viel länger am Ruder als die christliche Kirche. Und warum? Weil ihre Religion die belastbarere war. Ich nehme jedenfalls den ganzen Plunder mit runter in meine 500 Quadratmeter-Gruft und höre mir da unten dann die Trompeten des Jüngsten Gerichts an, in einer Aufnahme von Miles Davis.

Ich muss zugeben, der Erkenntnisgewinn meines Lebens war bisher eher gering, daher kann ich der jüngeren Generation nur sehr wenige gute Ratschläge geben und zwar genau zehn. 1. Auf keinen Fall angesagte Serien im Pay-TV gucken, sondern immer nur linear fernsehen und zwar ausschließlich Produktionen wie »Rosenheim Cops«, »Notruf Hafenkante« oder »Der Bergdoktor«. Da kann man jederzeit aufstehen und ins Bett gehen. 2. Das Geld am Bankautomaten niemals nachzählen, das ist verlorene Lebenszeit, es stimmt wirklich immer. 3. Die Laschen der Kaffeemilchportionspackungen beim Öffnen vom Körper weghalten. 4. Buttermilch kann niemals schlecht werden – Buttermilch ist schon schlecht. 5. Am Frühstücksbuffet auf keinen Fall das Rührei in den Warmhaltebehältern essen, sondern auf Spiegeleiern bestehen, die werden wirklich frisch gemacht. Das Rührei wird aus Pulver von geschredderten Küken angerührt. 6. Hände weg von Cappuccino, entweder ist die Milch kalt oder der Espresso. 7. Im ICE niemals an einen freien Vierertisch setzen, sonst ist man bald von drei Idioten umgeben. 8. Weißweinflecken gehen am besten mit Rotwein raus. 9. Bücher immer eingeschweißt ins Regal stellen und die Schutzfolie nur entfernen, wenn man das Werk auch wirklich lesen will. So bleibt der Inhalt länger frisch und das Buch staubfrei. 10. Immer erst den Schnee vom Autodach entfernen, bevor man die Fahrertür öffnet. 11. Jeder Liste misstrauen, die genau zehn Punkte enthält.

## Erläuterungen:

S. 6 – Gerhard Schröder, von 1998–2005 deutscher Bundeskanzler, danach russischer Gaslobbyist.
S. 11 – Adolf Hitler, von 1933–45 deutscher Reichskanzler, hatte auch eine fatale Vorliebe für Gas.
S. 13 – Das mit den drei Nieren stimmt auf jeden Fall, was die lange Kontonummer anbelangt, bin ich auf die Erzählung meines Vaters angewiesen, der wegen Schwerhörigkeit keine Zwischenfragen zuliess.
S. 17 – Die Idee mit dem Nachbar-Ratgeber ist gar nicht so schlecht, ich überlasse sie interessierten Autoren kostenlos.
S. 21 – Meine Frau sagt, ich sollte die Goebbels-Bücher doch einfach wegwerfen, aber ich hoffe immer noch, dass sie bei der nächsten Regalumschichtung nach hinten rutschen.
S. 28 – Diese Geschichte müsste aktualisiert oder sogar grundsaniert werden, der titelgebende Rollator steht inzwischen in einem Pflegeheim und meine Mutter benutzt keine Busse mehr, sondern den Rollstuhl. »Früher hab ich dich geschoben und jetzt schiebst du mich«, sagte sie kürzlich mit einem immer noch untrüglichen Gespür für eine gute Punchline.
S. 30 – Ich habe heute noch ein schlechtes Gewissen, weil ich diesen Text nicht rechtzeitig fertigbekommen habe. Es hätte ein Reisetipp in der *FAZ* sein sollen, und zwar ein sehr guter. Ich weiß nicht, wie es den beschriebenen Personen heute geht und ob man sich immer noch im Haus von Robert Louis Stevenson einmieten könnte, lege aber jedem die Lektüre dieses von mir sehr verehr-

ten Autors nahe. Er ist tatsächlich mal in Bad Homburg, fünf Kilometer von meinem jetzigen Wohnort entfernt, zur Kur gewesen.

S. 36 – Nathaniel Hawthorne, tja, inzwischen hat ihn Melville ruhmtechnisch überholt aber wirklich sehr sehr gut ist »Zwanzig Tage mit Julian und Little Bunny« erschienen bei JungundJung.

S. 44 – Twain lesen beschämt mich immer wieder. Weil er alle Tricks schon drauf hatte und ich merke, mit was für uralten und von Twain extrem erprobten Methoden ich immer noch unterwegs bin.

S. 54 – Klingt nach einer Auftragsarbeit, wahrscheinlich für irgendeinen *Geo*-Ableger. *Geo*-Nichtwissen vielleicht.

S. 55 – Zu Traxlers 85. Geburtstag gedichtet, inzwischen ist er viele Jahre älter, hat noch sehr viel mehr gemalt und geschrieben, so dass ich das Gedicht längst hätte erweitern müssen. Ich habe Traxler kürzlich gefragt, ob er bei meinem Begräbnis die Rede halten könne und er hat ohne Zögern zugesagt.

S. 57 – Vielleicht etwas zu schnell unter dem Eindruck des Erlebten geschrieben, das könnte man noch griffiger formulieren. Der Knick in der Optik ist inzwischen übrigens weg. Ich bin seitdem ein großer Fan der Apparatemedizin.

S.66 – Ich weiß, ich weiß, bricht ziemlich unvermittelt ab, so wie mancher vielversprechende Wanderweg. Der Text war eigentlich für mein Standardwerk »Zippert steigt auf« gedacht. Darin beschreibe ich, wie ich den jeweils höchsten Berg jedes Bundeslandes besteige. Mit schönen Fotos. In der lokalen Buchhandlung noch erhältlich.

S. 67 – Ich habe tatsächlich mal eine Datei mit dem Titel

»Hoya« angelegt und darin fand sich nur dieser eine Satz. Wahrscheinlich gibt es zu Hoya nicht mehr zu sagen, sonst hätte ich es ja getan.
S. 68 – Vor vielleicht zehn Jahren bekam ich von einem Reisemagazin den Auftrag, einen Text über Dresden zu schreiben. Ich wollte nicht der Fünfhundertste sein, der Zwinger, Grünes Gewölbe und die Neustadt besingt, und versuchte einen anderen Ansatz, den das Reisemagazin nicht mochte. Seit dieser Zeit liegt er unbenutzt herum. Vielleicht kann er ja noch als Steinbruch für andere Dresden-Reisende dienen.
S. 92 – Ein Protokoll meines, wahrscheinlich zum Glück, gescheiterten Versuches, meiner damals 16jährigen Tochter das Dasein der freien Autorin schmackhaft zu machen. Ich hatte sie auf Kosten von Gruner & Jahr als Fotografin mitgenommen. Weil sie in der Schule in der Foto-AG war und sich sonst für nichts wirklich interessierte. Sie mochte die Reisefotografie aber nicht besonders und bei Geo-Saison mochten sie meinen Text nicht besonders.
S. 105 – Ich schwöre, es ist alles genauso gewesen. Ich habe wahrscheinlich eine Woche Arbeit in einen Auftritt investiert, zu dem kein echter Zuschauer kam.
S. 110 – Mich verbindet eine große und vollkommen unerwiderte Liebe mit Frankreich und der französischen Sprache. Gibt es einen schöneren Refrain als: »Au soleil, sous la pluie, à midi ou à minuit, il y a tout ce que vous voulez aux Champs-Elysées«? Vor allem, wenn ihn Joe Dassin singt? Ich habe vergeblich versucht, meine Zuneigung zu diesem arroganten Volk zu erklären, aber bin unspektakulär gescheitert.
S. 121 – Was wollte ich mit diesem Text sagen? Wollte ich es einfach nur Thomas Pynchon gleichtun und auch

einmal den Dodo in mein Werk einbauen? Die Flugunfähigkeit des Dodos scheint auf mich abgefärbt zu haben. Jedenfalls war ich unfähig, diesen putzigen Essay zu Ende zu schreiben.

S. 123 – Ganz solide gearbeiteter Text, aber die Pointe müsste wohl mal runderneuert werden, denn es gibt keine Drückerkolonnen mehr.

S. 129 – Hätte ich nur noch 200 Seiten durchgehalten, wäre das vielleicht der Roman geworden, der mich in den nächsten zwanzig Jahren ernährt hätte. Ich hätte nur nebenbei das Bild einer zerrissenen Familie vor dem Hintergrund des Nationalsozialismus zeichnen müssen und dazu noch das grandiose Panorama der Adenauer-Ära. Hab ich nicht hingekriegt. Meine Mutter ist inzwischen 99 und Tante Margot hat dann doch noch der Schlag getroffen, seitdem kann sie nicht mehr sprechen, aber immer noch Torte essen.

S. 133 – Warum und für wen hab ich das geschrieben? Auf jeden Fall ist das eine absolute Superkraft, wenn man bei Ikea die Abkürzungen kennt.

S. 136 – Diese, für meine Verhältnisse, ungewöhnlich lange Geschichte wurde 1997 in dem Fanzine *Dog Breath* veröffentlicht, das vom bemerkenswerten Armin Müller in Speyer herausgegeben wurde. Für die wenigen Menschen, die das damals verpasst haben, habe ich den Text in diese Sammlung aufgenommen. Der tragische Held trägt den Namen eines ehemaligen Mitschülers, hat aber sonst nicht das Geringste mit der realen Person zu tun, der ich alles Gute wünsche. Ein netter Zufall, dass Gott über die Aufnahme von Mike Nesmith in den Himmel spricht, die dann 24 Jahre später tatsächlich stattfand und deren Hintergründe ein paar Geschichten weiter sogar ausführlich erklärt werden.

S. 145 – Je älter ich werde, umso mehr Nachrufe schreibe ich. Dieser hier war für meinen Freund Martin Keune, dem viele Menschen ihr Leben* und ich viele spannende und schöne Momente verdanke.

* *https://fluechtlingspaten-syrien.de/der-menschenretter-martin-keune*

S. 149 – Und schon wird erklärt, warum Mike Nesmith unbedingt in den Himmel gehört. Großartiger Komponist und Sänger, too. Wenigstens eine Solo-Platte sollte man haben, z. B. »And the hits just keep on coming«.

S. 157 – Die *FAZ* wollte mir für den Text kein Rezensionsexemplar zur Verfügung stellen. Ich musste mir die Mono-Box für 499 Euro selber kaufen und bekam das Geld zurück. Das war mein Honorar. Inzwischen wird die Box für 2000 Euro gehandelt, es war also doch ein sehr lukrativer Auftrag.

S. 163 – Ein sehr sehr fragmentarisches Fragment, ich glaube aber, die Idee wird klar. Brian Wilson, der geniale Kopf der Beach Boys, spielte 2017 in der Jahrhunderthalle und ich stellte mir vor, wie es wäre, als alternder, übergewichtiger Autor auf die Bühne geführt zu werden und unter dem Jubel des Publikums einfach nur dazusitzen.

S. 164 – Es gibt dazu auch einen Film, den ich irgendwann mal ins Netz stellen werde. Ich hoffe, ich kann den Text noch der *Welt* andrehen.

S. 170 – Ich vermisse die ellenlangen Verkehrsmeldungen im Deutschlandfunk. Ich finde nicht, dass es so viele wichtige Informationen gibt, die man stattdessen senden müsste.

S. 175 – Eine ungehaltene Rede zu einem runden Jubiläum der Caricatura, dem Witzemuseum von Frankfurt.

S. 179 – Das Fahrradfahren löst in mir anarchistische Impulse aus. Ich übertrete bei jeder Fahrt mindestens

zehn Regeln. Ich überfahre jede rote Ampel, die möglich ist. Ich kann einfach nicht untätig vor einer Ampel warten. Das erscheint mir widernatürlich.
S. 182 – Wieder so ein Text, dessen Entstehungsgeschichte und Verbleib ich vollkommen vergessen habe. Hatte auf jeden Fall nichts mit Corona zu tun.
S. 185 – Hab ich eigentlich nur drin gelassen, weil es mal etwas kürzer ist. Ein bisschen zu oberschlau.
S. 187 – Previously unreleased. Ronald Pofalla ist wahrscheinlich schon erklärungsbedürftig. Könnte aber auch eine erfundene Person sein, und es wäre besser, er wäre es.
S. 191 – Wir haben auf ausdrücklichen Wunsch von Christian Y. Schmidt 2000 Hefte vom *Dreck-Magazin* gedruckt. 1600 davon lagen jetzt in den Kellern von Fritz Tietz und mir. Davon werden sie auch nicht besser, weil man sie nicht verbessern kann. Sollten Sie noch kein Heft haben, bitte sofort hier bestellen: https://fritztietz.de/
S. 194 – Eine vergessene Baustelle. Mir völlig rätselhaft, warum ich mich mit diesem Text nicht längst in irgendeinem Feuilleton des Landes wichtig gemacht habe. War ja gerade Dante-Jubiläum. Es ist ja auch alles genauso passiert. Und zwar schon vor vielen Jahren. Wir haben nämlich in unserer Nachbarschaft eine Lesegruppe, in der wir alle schwierigen Werke der Weltliteratur durcharbeiten. In Echtzeit, ich lese vor und nach angemessener Zeit, wenn wir überhaupt nichts mehr begreifen, diskutieren wir über das Gehörte und ziehen Sekundärliteratur und Internet zu Rate. Auf diese Weise haben wir schon die Odyssee, die Ilias, die Aeneis, den Ulyssses, das Buch Hiob und eben die Göttliche Komödie gepackt. Wir sind schon fantastische Nachbarn.